阿朝在旅途

〔日〕黑柳朝 著　曹逸冰 译

南海出版公司

新经典文化股份有限公司
www.readinglife.com
出　品

魔女っ子チョッちゃん

目 录
CONTENTS

伦敦黄昏恋

我很想把住在札幌的书法家小川东洲老师称作我的“蓝颜知己”。这话说得夸张了，其实我和小川太太也很熟，两家人会不时交流一下近况。

一天，我们聊起了最近有什么新鲜事。聊着聊着，东洲老师突然说：“再过个十来天，我要去伦敦一趟。”

我问：“哟，去做什么呀？”

“嗨，因为我的作品要进大英博物馆了……”

别看他说得那么轻描淡写，这可是天大的好消息。

“多棒呀！夫人会一起去吧？”

“不，我自己去。她有点事去不了。”

“这样啊……”我脱口而出的后半句话居然是，“那我能不能跟着去给你拎包呀？”

电话那头的老师愣了一下，反问道：

“我是不介意，可你那边没问题吗？”

“能有什么问题？”

“身体状况之类的……”

老师大概还咽回去了半句话——“还有旅费的事儿”。不不不，他其实只是怕我吧。

“我不会吃了你的。几号的飞机呀？航班号是多少？如果坐西北航空，我还可以让儿子帮忙订票。”

“你真能去啊，阿朝？”

“那是当然。”老师的书法作品要被挂在那么了不起的地方，我这个同乡朋友哪里还坐得住。而且去了伦敦，他肯定要出席各种宴会。我想跟着他一起去，好好开开眼界。这样的机会可不是天天都有。

万幸的是，护照的有效期还剩挺长时间。

“不会给你添麻烦的，好不好？好不好？”我这人一旦打定主意，真是几匹马都拉不回来。

“哎呀，你要真能来就太好了，我也放心多啦。要是跟老妈一起去……”

“至少拿我跟情人比嘛。”

“哎呀呀，真拿你没办法……”老师哈哈大笑。于是我的伦敦之行就这样匆匆忙忙地敲定了。

我这人本来是不太愿意动的，就算有人约我出远门，或是受到远方朋友的邀请，我也很少答应。可这回我竟然生出了不请自来的念头。

出发前一天，我去成田的小儿子家住了一晚上。这也是我每次出国前的惯例。儿子就在美国西北航空公司工作。

“怎么突然要去伦敦？”他会纳闷也是理所当然的事。

“东洲老师的书法作品被大英选中了，我想去采访一下，顺便给他当跟班。”

总不能跟儿子说我是自己硬要跟去的，就找了个冠冕堂皇的借口。

“呵，伦敦也有大荣[①]了啊？”

我儿子贵之常去成田新开的大荣超市，把大英听成了大荣。

“我说的可不是超市，是大英博物馆。”

“哦，这样啊。”

管它是大英还是大荣呢，贵之好像都觉得无所谓。

话说贵之上初中那会儿，也经常在我和彻子聊天的时候插一句莫名其妙的话，逗我们发笑。当时彻子对玛丽·洛朗桑很痴迷，收集了一些版画。要是在杂志上看到她的作品，彻子也

---

①大荣是日本大型超市的名字，日语发音与大英相同。

会仔仔细细地把画剪下来，贴到本子里。从早到晚，她脑子里都装满了洛朗桑。

有一次，贵之突然问道：

“你们都管洛朗叫‘女士’[①]啊？”

我和彻子都被他问懵了，片刻后才面面相觑，扑哧一声笑了出来。

“哪能是女士呀！要是洛朗桑成了洛朗女士，那莫泊桑岂不是要变成莫泊先生啦？莫泊桑要笑死了好不好！”

“是吗？”

我笑得前仰后合，他却连嘴角都没动一下。

一提起这件事，儿媳惠子也被逗乐了，可贵之还是一点反应都没有。大概男孩子就是这样吧。如果我们聊的是飞机或者高尔夫，他早就两眼放光了。

孩子他爸也是那种只要能拉小提琴就心满意足的人。我们兴奋地直嚷嚷，他却是一脸冷冷的表情，仿佛在说：“这种东西有什么好的。”

男人跟女人就是有点不一样。我有个朋友得了病，住了六个月的医院。据说她先生前脚刚宣布“家务我全包了”，后脚

---

①原文さん是日语中对人的敬称，さん与桑的发音相似，无论男女都可以被称为“某某桑”，所以贵之误会了。

就把家里的洗衣机换成全自动的，连浴室都换成了太阳能的。

这个朋友对我说："男人啊，都是从硬件入手的。"就像这是什么大发现似的。正因为男人跟女人是不同的，才会相互吸引。男孩和女孩的有趣之处也不太一样。

贵之原本想把我接过去一起住，还说："我特意给妈妈留了房间，什么时候来住都行。"可我要是真的去成田隐居，那还怎么工作呀。每次出国前能让我从东京过去住一晚上，再开车送我去机场，我就很知足了。

后来，我真的去了伦敦。东洲老师作品的收藏仪式也圆满结束了。

难得去一趟伦敦，见见老朋友也不错。于是我试着拨通了朋友的电话。他好像还住在原来的地方。刚拨完记在小本子里的号码，他就接了。

"我来伦敦啦。"

听到这句话，他大吃一惊，说是一定要见见我，约我共进晚餐。我说是跟东洲老师来的，他便说，要是老师不介意的话就一起来吧。

去住在当地的朋友家做客，当然要比在酒店吃饭开心得多。只是有一件事让我有些在意。当年我刚认识他的时候，他还是个单身汉。

这么多年过去了，也不知道他是不是还没成家。这一点撩拨着我的好奇心。要是打电话的时候直接问一句“你还是一个人吗”或者“你结婚了吗”，也就没那么多事了。但我总觉得有些鲁莽，最终没问出口。

我问：“你还住在原来那个地方吗？”他回答：“当然。”这就足够了。

我邀请东洲老师共同前往。他一开始还推辞，说：“这样是不是不太好啊……”但我硬是抓着他的手，把他拽出了门，“没关系的。”我们买了一盆价格不菲的兰花，在约好的时间去了朋友家。开门一看，东道主请来的另外两位朋友已经到了，晚餐的准备工作也都做好了。那是一栋传统的欧式宅子，屋里的古董比以前多了不少，一眼就能看出男主人在工作上取得了多大的成就。

从男主人的语气和表情中，也能看出他是打心底欢迎我。漫长的空白时光仿佛在一瞬间被填平了。我心想，这一趟来得太值了。

晚餐是法国菜的风格。前菜有冷汤和沙拉，主菜是比目鱼和小牛肉，甜点是蜜瓜，一点都不标新立异，格调很高。饭桌上的热络气氛也刚刚好，让人忘记了时间的流逝。

男主人应该只有五十五六岁，不过他的一位朋友已经八十出头了，是位典型的英伦绅士。第一眼看到他的时候，我就对他产生了好感，暗暗感激男主人特意请他来陪我聊天。他跟孩子他爸有几分神似，是我欣赏的类型。

他用周到的口吻跟我搭话，问我这趟是来伦敦做什么的，还把他们几个亲手做的菜夸了一遍，说："这鱼是好不容易才找到的。"这也给我留下了不错的印象。

在日本，也有男人当东道主招呼客人的情况，但他们绝不会亲自下厨。每次出国，我都不由得感慨外国人就是懂得变通。我还跟他聊起了当年跟孩子他爸一起来伦敦时发生的事，他也笑眯眯地听着，让我生出分外幸福的感觉。

原来我这趟跟着东洲老师来伦敦，就是为了见他呀——我忽然冒出这样一个念头，不禁心潮澎湃。

等我回日本，一定要把这愉快的经历分享给孩子们。

"我交了个特别棒的异性朋友。他有点像你们的爸爸，但不是拉小提琴的。人很温文尔雅，不像爸爸那样动不动就发脾气，感觉特别好呢。"

听到这儿，孩子们肯定会想：太好了，真是太好了，妈妈可以不用那么寂寞了，多幸福呀。不过他们要是看到真人，一定会惊呼，真的好像爸爸啊……

听说他是英国贵族的后代，活到这把年纪了，还从来没靠工作赚过一分钱。他网球打得很好，钟爱音乐，还是个诗人，能写出优美的小品文。

时间一眨眼就过去了。愉快的晚餐会结束后，大家决定拍一张纪念照。就在这时，他从一旁的花瓶里摘了一朵玫瑰，随手插在了我的头发上。在按下快门的那一刹那，他还把我们牵在一起的手高高举起。他对待女宾的态度真是别致又风趣，我开心得都要飞起来了。

临别时，他对我说："今年九月一起去卡布里岛吧。"当时那顿饭是在四月吃的。

"我觉得哪儿都比不上卡布里岛。就这么说定了。这本书你拿回去看吧。"

说着，他还送了我一本非常精美的书，是介绍卡布里岛的。

"我一定去。"我还和他拉了钩。

拉钩的时候，我情不自禁地轻声说道："拉钩约定，说谎要吞一千根针。"搞得他不明所以。当然，我后来用英语跟他解释了这句话的意思。

回国后，我们开始频繁通信。我不抵触写信，却从来没有用英语写过，更何况是英语的情书。再说了，这种东西也不能请英语好的朋友代劳。那就试着自己把一片真心写出来吧。

这时，孩子他爸的面容掠过我的脑海。当年他总是在我身边，拍照的时候总会不知不觉把手搭在我的肩上。

我跑到书店，来到“英语信件书写指南”专柜前。这一类的书有好多，分为初级、中级和高级。有讲解商务信件的，有教你怎么给笔友写信的，还有的书直接就叫“英语情书的写法”，应有尽有。我在惊讶之余也松了口气，买上三四本回家，费了好大的劲儿才把回信写出来。

他对我的英语来信给出了“可爱”和“讨人喜欢”的评价。可不是嘛，因为我的文字既幼稚又磕磕绊绊。

他也为了照顾我故意选择浅显的用词，就像两个小朋友在写情书玩似的。谁会相信这是八十几岁的老头老太写的信呢。

他总是称呼我为“Mrs. 卡布里”，他自己的署名则是“Mr. 卡布里”。

大家知不知道七月二十三日是日本的“书信纪念日”？据说那是邮政省为了宣传才定下来的日子，因为七月是“文月”①，“二十三”也是书信的谐音。现在日常生活中的联络基本都靠电话和传真解决，所以邮政省想号召大家在这一天寄亲笔信给亲朋好友，加深情感交流。

这年头，是不是连最要紧的情书都是用文字处理机写好打出来，再用传真机发送呢？

---

①日本阴历七月的别称，日语中的“文”也有书信的意思。

介绍这个“书信纪念日”的杂志上的文章还顺带分享了一些小知识。

比如全世界最长的情书诞生在一百多年前的法国。画家勒克尔把“Je vous aime”（我爱你）这句话写了一百八十七万五千遍，寄给了他的恋人。

而纽约的路易斯·戈登小姐在一九五四年写给身在朝鲜战场的恋人唐恩·雷伊斯一等兵的情书，创造了信纸长度之最，全长九百七十五米。据说她花了一个多月，才写完这“封”用收银机纸卷当信纸的信。

我的 Mr. 卡布里还给我写过这样一封短小的信。

老鹰在飞
老鹰在寻觅一个人
时间已所剩无几

他寄给我的信总是短得像诗一样，却让人怦然心动。可我给他的回信总是那么幼稚，拖泥带水，用他的话说就是“很可爱”。

那年我去旧金山和洛杉矶各做了一次演讲，回到日本后又直接从成田机场飞到北海道演讲了两场。好容易回到东京，却只待了两天，录完电视节目，又马上飞到北海道继续演讲，简直忙得团团转。再次回到东京的时候，我已经累得没力气实现九月的卡布里之约了。

后来，我收到了他的信。“九月没去成卡布里真是太遗憾了。要是能在樱花盛开的时候去一趟日本就好了……”

我就像蝴蝶夫人一样，在樱花绽放的季节等待我的平克尔顿。可是等啊等，等得樱花都谢了。

他也一把年纪了，再想趁樱花季过来，怕是也很难把计划付诸实践。看来我们俩真是半斤八两呀。

我既有些失落，又有种松了口气的感觉。照照镜子，哎呀呀，泪眼汪汪、脸上挂着眼屎鼻屎也无所谓，这种自由好像也不错。

用英语写信，也渐渐成了一种负担。

一年过去了。前些天，我又收到了他的来信，信里说“今年秋天一定要一起去卡布里岛”。可我的心情好像变得越来越沉重。

我还会时不时地和东洲老师通电话。他每次都会问：“那件事进展如何呀？”毕竟我们那天晚上有多么聊得来，他都看在眼里，一直在边上笑，忍不住想开几句玩笑也是正常的。

“卡布里之约”后的第二个秋天就快到了。可我今年应该也不会去，怕是已经去不动啦。

啊，想看他的照片？要不拿出来瞧瞧？还是算了吧，给大家一点想象的空间。因旅途而生的小小黄昏恋，也许应该画上句号了。

只身闯纽约

孩子他爸走了六个多月后，住在洛杉矶的北野医生联系我说："我们打算在洛杉矶为黑柳先生办一场告别演奏会，你要赏光啊。"

我几乎每年都跟孩子他爸去一趟洛杉矶，我们家跟北野医生全家也是老交情了。孩子他爸不是个好相处的人，北野医生是为数不多的会用"小黑"这个昵称喊他的朋友之一。

在日本没为孩子他爸举办过告别演奏会，所以我非常欣慰，回复他说："我一定去。"

我挑了一张孩子他爸的照片，放大了装进相框里，抱着它去了美国。

多亏了北野医生热心而周到的筹备，音乐会办得比我想象得更成功。孩子他爸的老朋友们纷纷上台表演独奏、三重奏、四重奏……北野医生的长笛演奏也棒极了。北野太太是声乐家，用女高音演唱了歌剧的咏叹调。节目一个接一个，内容丰富多彩。真想让身在天堂的孩子他爸也亲眼看一看，亲耳听一听……台下的我百感交集，泪流不止。

眼看着音乐会临近尾声，我才忽然意识到：等大家都表演完了，我就得上台致谢了。一想到这儿，心开始慌乱起来。

在那之前，我几乎没在公共场合发过言。我们夫妻俩连婚宴之类的都很少参加，当然也没有太多当众发言的经验。

可我今天一定要上台讲话。大家怀着美好的心愿聚在一起，只为了纪念孩子他爸，而且为了今天的表演，肯定没少花时间排练。我怎能因为没在人前说过话就打退堂鼓呢。

紧张的时刻越来越近。担任主持人的北野医生直接点名了：“阿朝，来跟大家说两句吧。”这下真的走投无路了。

我痛痛快快地站了起来。

“在场的各位朋友，今天真的太感谢大家了。”第一句话一说出口，人一下子轻松下来。

“我能感觉到大家演奏出的每一个音符都充满善意。我一直在跟孩子他爸说，你听到了吗？看到了吗？眼泪不停地往下掉，忍都忍不住……”

会场中响起了响亮而温暖的掌声，就像在鼓励我一样。

“在座的几位朋友应该还记得，去年六月，同样是在北野医生的精心安排下，大家为我先生办了一场庆生会。他当时高兴得坐都坐不住。今天各位又为他办了这么盛大的告别演奏会，他的在天之灵也一定会觉得很欣慰。我也替他由衷地感谢各位的一片心意。”

我当时说的大概就是上面的意思。

多亏了这次当众发言的经历，我才能鼓起勇气，到各种各样的地方演讲。

我还在洛杉矶的时候，住在纽约的广濑医生（他是我的远房亲戚）给我打了两次电话，邀请我在回国前也去纽约走一走。

特意打了两次电话，至少说明他的邀请不是客套话。我也知道自己要是去了，肯定从头到尾都要给人家添麻烦，但的确没必要匆匆赶回日本去，便决定接受他的盛情邀请。

我告别了在洛杉矶对我多有照顾的北野夫妇、平冈养一先生的儿子儿媳、女性杂志的海外特派员东乡昌子等人，坐上了开往纽约的班机，独自一人踏上横跨北美大陆之旅。

光是从这一头到那一头，就要花六七个小时，美国可真够大的。我一会儿看书，一会儿看电影，打发路上的时间。

过了没多长时间，飞机好像开始下降。是到纽约了吗？我怀着忐忑的心情望向窗外，可外头不是很亮，感觉不太对头，我顿时有些担心。

这不是我第一次去纽约，但之前坐的都是直飞肯尼迪国际机场的航班。我心想，是不是因为这次坐的是国内线路，所以感觉不太一样？

毕竟是国内线，没有工作人员在机舱里核对护照也是理所当然的，但机内广播听起来也让人心生疑窦。不过我登机的时候出示过机票，这架飞机总不能开到其他地方去吧。

飞机停稳后，乘客们一批一批走了下去。空姐和飞行员也都下机了。

眼看着机舱里空荡荡的，我心里越来越没底。随身行李是在的，可托运的两个行李箱该怎么办……我走出机舱一看，发现不远处有位工作人员，便问道：

“这里是纽约的机场吗？”

那人好像吃了一惊，看了我一眼，用十分严肃的语气回答：“No，No，还没到纽约呢，您就在飞机上坐着吧，绝对不能下来哦。”

我心里还是七上八下的，却只能孤零零地回到机舱。不回去还能怎么办呢。

片刻后，打扫卫生的大叔拿着扫帚和簸箕进来了。我问道：

“我要去纽约，是不是坐这架飞机啊？”

“对，您就在这儿坐着吧，千万别下去。”

他的口气那么有把握，听得我稍微放心了一些。

城市名和机场的名字不一样的情况还是很多的，全世界到处都有这样的机场。

可是话说回来，这到底是哪儿呢？就在我纳闷的时候，空姐、飞行员和乘客一个接一个走进了机舱。

我只好鼓起勇气向邻座的阿姨讨教：“请问这座城市叫什么名字啊？”

“明尼阿波利斯呀，你要去哪儿？”

我回答：“纽约……”阿姨满不在乎地说：“我也是呀。”我这才放下心中的大石头。

万万没想到这飞机居然要在半路上停一次。机票是让酒店前台帮忙订的，也怪我自己粗心，没问清楚飞机是经停明尼阿波利斯的，机组人员和乘客都要换一遍，让人越想越好笑。

大概飞了一个多小时后，窗外出现了闪烁的灯海。当年林德伯格上校驾驶飞机成功横跨大西洋抵达巴黎的时候，留下了这样一句名言——“快看啊，我的翅膀，那就是巴黎的灯火！”用这句话来形容我当时的心境真是再合适不过，内心充满了感动。纽约的街景渐渐进入我的视野，仿佛接二连三绽放的烟花那样真切。

一想到朋友高柳女士和广濑医生一会儿都要来机场接我，接下来的事都不用操心，我就高兴得不得了。这一路上，我全靠三脚猫的英语勉强应付，担惊受怕，这下总算是彻底放下心来。有那么多英语高手陪着我，跟在日本没两样嘛。于是我迈着轻快的脚步下了飞机。

既然是国内航班，那接机的人应该在离下机口不远的地方等着。原定的到达时间是十一点，当时已经十一点多了。谁知我环视四周，竟没有看到一张熟悉的面孔。再走得远一些，也没人叫我。

其他乘客都跟来接机的亲朋好友拥抱在一起，爆发出阵阵欢呼。美国人打招呼的方式总是那么夸张。第一次看到的时候，我还挺惊讶的，现在已经见怪不怪了。可是话说回来，怎么没有一个人朝我张开双臂呢。

他们是不是在下面等我？我去楼下的行李提取处看了看，还是没找到熟人。

我又是推又是拉，好不容易把两个行李箱弄到机场外面的出租车上车点。可这里也没见到高柳女士和广濑医生的人影。

渐渐地，人群三三两两地散去，飞机场的灯也一盏接一盏关了。我坐的肯定是今天最后一个航班。

怎么办……我突然慌了起来。但拖着笨重的行李六神无主地瞎转悠也不是回事，这里可是精明人也免不了受骗的纽约。别有用心的人一看就知道我不熟悉当地的情况，到时候可有我受的。

出租车来了一辆又一辆，问我“你要上哪儿去”。要是稀里糊涂上了车，到头来像哈莱姆的露水一般蒸发了也怪不得别人。

“阿朝在哈莱姆人间蒸发”可不是闹着玩的。我只能一遍遍地说：“接我的人就要来了。”

话虽如此，心里的担忧却在不断膨胀。到底该怎么办……现在该做点什么才好……我想来想去，觉得眼下只能试着给平冈家打个电话。

先找家可靠的酒店安顿下来，然后打电话问问吧。问题是，我不知道该去哪儿找可靠的酒店。唉，怎么办啊……我只能暗暗祈祷：上帝啊，帮帮我吧。

就在这时，一位气质高雅的中年人迎面走来，看上去很像日本人。我便开口问道：

“不好意思，冒昧问一下，您是不是日本人？”

“嗯，是的。”

听到这话，我别提有多高兴了。上帝果然没有抛弃我，在千钧一发之际伸出了援手。我打心底感激上帝的恩典。

“啊……得救了。可能是联系的时候出了点差错，说好要来接我的人都没来。能不能麻烦您带我去附近的酒店？我会等您把该办的事都办完的。我是第一次来纽约……”

情况紧急，我也顾不上要面子了。

那位先生二话没说，把我带到了一家感觉很不错的酒店。毕竟我没提前预约，就先付了房费，过夜的房间总算有了着落。

后来我才听说，广濑医生他们误以为我坐的是第二天的那班飞机。广濑富子夫人是个特别小心谨慎的人。她发现我的航班不是直达的，就给平冈家（我在洛杉矶的时候就住在那儿）打了个电话，让他们提醒我千万别在明尼阿波利斯下飞机。可是……

广濑夫人心想，白天平冈家的人可能会出门游览、约人见面之类，所以她是晚上打的电话。那时我其实已经到纽约了。

“啊，不是明天。她今天中午就出发了，这会儿应该已经到了。”

听平冈先生这么一说，广濑夫妇急成了热锅上的蚂蚁。

“哎哟，坏了！人跑到哪儿去了？”

“我这就去机场瞧瞧。”

高柳女士急急忙忙赶去机场，可那里一个人影都没有了。她查找了一番，只查到我的确上了那班飞机，也在纽约下了飞机，但之后的行踪就没人知道了，她吓得脸都白了。

就算她没想到“哈莱姆的露水”，怕是也在想象我遇上歹徒，被剥得精光丢在路边，引发媒体争相报道的景象。

我给洛杉矶的平冈先生打了电话，把事情的来龙去脉交代清楚，还把酒店的名字告诉了他，让他帮我叫广濑医生他们来接应。不到一个小时，高柳女士和广濑夫人就赶了过来。

“太好了，太好了。”终于见了面，皆大欢喜。只是双方都吓得够呛，出了一身冷汗。真是个心脏都差点被吓破的夜晚。就算有著名的心脏外科专家广濑医生坐镇，出点什么事也不是闹着玩的，真让大家受惊不小。

引发这场闹剧的原因，其实是一个单纯的误会。我一直以为自己是十二号星期三那天出发，也是这么通知大家的，但大家认定：“她本人说十二号星期三走，可十二号明明是星期二呀，那她肯定是十三号星期三走吧。”

可我不是在星期三走的，而是在十二号就出发了，真不像话啊。

我不知道美国那边特别重视“星期几”的概念，也没好好确定自己到底是几号、星期几出发，才闹出了这场意料之外的风波，真是给大家添了不少麻烦。

“明天我请大家吃顿大餐吧。”

我这位独闯纽约之旅的主角顿时变得老老实实的。

神秘海域百慕大与下落不明的行李

去纽约演讲的事敲定后，某旅行社的员工打电话向我提议：您难得去纽约，不如我们组织一个叫“与阿朝一起去百慕大”的旅行团吧？

当时我是这么回复人家的：

“百慕大是我很想去的地方之一，也想和大家一起去。如果这个团叫‘阿朝也跟着去的百慕大之旅’倒是没关系，可是能不能别拿我吸引别人报名呀？”

为什么这么说呢？因为我觉得，要是旅行期间出点什么事，我也要负一定的责任。再说了，冲着我参团还出了事，那我也太对不起人家了。

说起百慕大，我总会想起那神秘的“百慕大三角”之谜。所谓的百慕大三角是由美国的佛罗里达半岛、西印度群岛东端、大西洋中部的百慕大群岛三点连线，形成的一片三角形海域，面积约一百三十万平方公里。近五十年来，共有二十多架飞机、近五十艘大大小小的船与一千多名乘客在百慕大三角神秘失踪，使这片海域总是笼罩在迷雾之中。

最让人震惊的一起失踪事件是这样的：从佛罗里达的海军基地起飞的五架飞机同时在百慕大消失。军方派出一架可以运送十三人的飞机去搜寻，结果这架飞机也消失得无影无踪。

而且每一起失踪事件发生后，人们都会开展大规模的海上搜索与空中搜索，却没有找到飞机和船只的残骸，乘客的遗体也完全不见踪影，真是匪夷所思。所有遇难者都像人间蒸发一样，一点痕迹都没留下。

事件发生的原因众说纷纭。有人说是不明飞行物干的，也有人说这片三角形海域的磁场有异常，导致飞机、船只的精密仪器无法正常工作，迷惑了驾驶员的眼睛。甚至有人说，百慕大三角有通往四次元世界的入口，船和飞机就是一不小心掉进去了……我最喜欢这种神神秘秘的事情，每种说法都让我激动不已，心潮澎湃。

我这么了解百慕大三角之谜，也是因为看过很多这方面的书。要是我带队跑到那儿，害得大伙儿被卷进魔鬼三角，永远消失在大海中，那可不是开玩笑的。

可是十多年前，轰动世界的百慕大三角之谜算是有了一个调查结果。据说那片海域只是因为气象和海流条件特殊，极其容易发生事故而已。我总算松了口气，却有些失落。因为我内心深处有一个念头——我自己要是能以这种方式离开人世，倒也不错。

最终，有四五十人报名参加了那个旅行团，“百慕大之旅”就这样实现了。我也叫上了住在纽约的好友广濑医生和广濑夫人，作为一位无忧无虑的成员加入了旅行团。

百慕大原本是英国的海外领地，是为英国上流阶级开发的避暑胜地。可想而知那里的海有多高的格调，多美的景色。别以为去海边就能穿短裤，在百慕大可是万万行不通的。“实在不想穿长裤，请选择长度刚好到膝盖的裤子”——据说百慕大短裤就是这样诞生的。

这是一种略有点长的五分裤，裤脚收得紧紧的，跟我平常收拾院子时穿的那条格纹棉布裤子很像。搞什么，那不就是我穿惯了的裤子嘛。我顿时对百慕大产生了亲切感。

我们从纽约出发，经过三个多小时的飞行，没有遭遇 UFO（据说，百慕大至今仍是与伦敦郊外的史前巨石阵齐名的 UFO 事件多发地带），也没有被拽进四次元空间，顺利抵达了百慕大。

零零星星的独栋别墅分布在海边，营造出分外高档的氛围。

大伙儿一边斜眼瞥着那些别墅，一边叽叽喳喳地说：“就差没直接说‘富人请进，穷人勿入’了。”说着往酒店里走。一看到那些在酒店大堂休息的人，我们便觉得：“哈哈，果然是全世界的有钱人都爱来的地方。”

岛上到处都是豪华的别墅，还有私人海湾。我看见几个小朋友在海湾里自己划着可爱的小船玩。那些都是含着银匙出生，有着光明未来的孩子吧。看着那如画般的光景，我的心情却有些复杂。

通向大海的松林里，树木看上去也和日本的松树完全不一样。针叶都是浅绿色的，看起来格外柔软，有种朦朦胧胧的浪漫风情。树的形状也很温柔，伸手掰一根下来，含在嘴里像是美味的食物。这里的海感觉也分外神秘，不知道是不是我的心理作用。纽约是那么喧嚣，可是在离它如此近的地方，竟然有这样一片充满异国情调的岛屿，一时间还真让人不敢相信。

我心想，英国人眼光果然厉害，能相中这样的好地方。

谁知道一个意外破坏了难得的浪漫气氛——大家的行李都从纽约一起跟着过来了，唯独我的没送到。为什么总是我一个人碰上这种事，真受不了。

我听说来百慕大最好带几身不错的西式服装，方便去餐厅用晚餐，就特意往箱子里塞了四五套礼服。睡衣也在箱子里。

还有便装、化妆品……毕竟我上飞机的时候只带了一个手提包。

不过在机场发现我的行李没到的时候，广濑夫人立刻帮我办妥了手续，让工作人员务必把箱子送上下一班飞机，到酒店后也跟前台打了招呼，所以我起初并没有觉得事态多么严重。

大家都安慰我说："你的箱子肯定会跟着今天最后一班飞机过来的。"我一开始也是这么想的。可是等啊等，等到八点，等到九点，行李还是不来。再这么等下去，晚上都没法睡觉了。我只能去小卖店买睡衣。可那边的酒店跟日本不一样，没有睡衣卖。

我只好买了一件白色棉衬衫和一条廉价的裤子，既能当睡衣穿，又能穿出去见人。还得买化妆品。要凑齐一整套也得花不少钱。明明只是为了对付一晚上，实在让人生气。

可是话说回来，我的行李到底跑到哪儿去了……

当时正好是夏天，天气比较热，所以我决定在酒店的房间里自己洗一下那身穿过的衣服。但我没有干净的衣服替换，在衣服晾干前，只能穿那套在小卖店买的"睡衣兼便服"。

"阿朝，一起去街上逛逛吧。"

难得大家约我出门，可我实在没心思到处逛。

"你们去吧，我太累了，就在酒店里歇着吧。"

我一反常态，给了个一本正经的回复，把大家送出门。问题是我独自待着也没事可做，便随手拿了张纸，画起了窗外的风景。

其实我这人很不擅长画画，平时看到再稀奇的风景也很少动笔，可百慕大的速写倒是留下了好几张，原因就在这儿。

我把自己当成流放荒岛的犯人，琢磨起来：要是一个人在这样的岛上生活，等待着我的会是什么样的日子？

如果这里是无人岛，一个人需要备齐什么东西才能过下去呢？水应有尽有，不用担心。但生火工具肯定是必不可少的。盐嘛，可以想办法从海水里提取出来。照明工具！这个必须得有。长夜漫漫，我又特别胆小，睡着之前要是没点光亮，那就麻烦了。可是太阳总会升起来。这么看来，比灯光更重要的果然还是文字——要有书！没书可看的日子怎么熬得住。

要是只能带一本书上岛，我会带什么呢？《辞典》？《年代记》？《六法全书》？哎哟，无人岛上哪里还用得着法律。

这么一想，还是得带上《圣经》。《圣经》是杰出的文学作品，而且富有诗意。最好是左边印着英文，右边有日文对照。无聊了就唱唱《索尔维格之歌》[①]，一天天慢慢变老……

当我沉浸在悲剧女主角的心境中无法自拔时，出门逛街的

---

① 《索尔维格之歌》是作曲家格里格为易卜生的诗剧《培尔·金特》所作的配乐，讲述了女主人公索尔维格痴情等待纨绔子弟培尔·金特的悲情故事。

伙伴们浩浩荡荡地回来了。他们给我带了糕点、水果之类的慰问品，你一句我一句地纷纷说着街上的见闻，还炫耀自己买回来的东西。我越听越觉得心里痒痒，也不再顾及身上穿的是睡衣还是便服了，坚决要去逛街。

第二天，我说去就去。真不愧是当年的英国领土，到处都是时髦奢华的商店。我逛了好久好久，买了些有百慕大特色的篮子、陶器之类，人也总算有了点精神。

然而，直到我们离开百慕大那天，我的行李还是没送到。

我也不是没想过，要是我前脚刚走，行李后脚就到了，又要惹出一堆麻烦……但就在这时，索尔维格的恐惧掠过脑海，吓得我连忙带头钻进飞机。

等我回到纽约，彻底死心的时候，我的行李箱居然找到了。广濑医生十分同情我的遭遇，就去找航空公司交涉，还亲自去了一趟无主行李仓库，花了两个多小时，才把我的行李箱从堆积成山的行李里找了出来。

当时我不住地感叹，人的诚心真是了不起。与此同时，我也不禁同情起了那些被主人放弃，永远沉睡在异国仓库中的行李。我真想说，要是大家也丢了行李，千万别轻易放弃，要想办法找到它们呀。

听说拴在我行李箱上的行李签和目的地标签在我们出发的

时候就已经掉落，于是它哪儿都去不了了。可能是我没把箱子包好的缘故吧。

我这人也真够势利的，行李一找到，对百慕大的印象立刻转变了。我甚至觉得，怀着那种无奈的心情每天远眺大海的日子，也不是你想体验就能体验到的。也许上帝是故意把行李箱藏起来，好让我把百慕大的海深深刻在心里。

有一次，我在电视上看到了近藤正臣先生在百慕大潜水的画面。那片深翡翠色的海让我分外怀念。

有机会的话，我真想再去一次百慕大。

您听说过“儿童助养计划”吗？

我居然去了一趟菲律宾，还和当地的孩子们做了深入的交流。那种兴奋的感觉到现在都没有消失。

为什么呢？因为那次旅行让我站在身为“一个人”和“一个成年人”的角度思考了许许多多。菲律宾的孩子有着乌黑的眸子、打着小卷儿的头发、雪白的牙齿和亲昵的笑容。可是和生活富足的日本孩子不同，饥饿、疾病与足以威胁生命的危险就潜伏在他们的周围。

其实，我是作为“世界宣明会”日本分会的亲善大使去的菲律宾。世界宣明会是诞生于四十多年前的国际组织，致力于推动发达国家的企业与个人出资出力，向发展中国家的孩子们伸出援手。

运送粮食、建设学校、打预防针……世界宣明会做的是一项项特别艰巨，而且还多得看不到头的工作。

他们还推出了一项名叫“儿童助养计划”的援助制度。每个月捐款四千五百日元，就能成为亚洲、非洲、中南美洲贫困儿童的“助养妈妈”，帮助他们平安长大。助养妈妈可以和助养对象通信，还能收到孩子的成长记录。要是我再年轻几岁，肯定也会尝试一下。

后来，世界宣明会成立了日本分部，问我愿不愿意担任评议员的职务。我一口答应下来。因为我家彻子是联合国儿童基金会的亲善大使，也是这方面的“前辈”。只要有一片真心，我这种能力有限的人说不定也能帮上什么忙。

实际上，真有朋友在我的影响下当了非洲小朋友的助养妈妈，说：“既然阿朝在做慈善工作，我们当然要出力了。”让我高兴得不得了。

这次菲律宾之行，也是我第一次以亲善大使的身份出访。

其实在此之前，宣明会就问过我愿不愿意去一趟孟加拉国。我虽然觉得很荣幸，但还是婉言拒绝了。

因为对我来说，孟加拉国实在太遥远，我可能很难有足够的体力跑这一趟，心里没底。要是勉强去了，却给大家添了麻烦，岂不是得不偿失？

所以他们问我要不要去菲律宾的时候，我二话没说就答应下来："我去！"光看地图也觉得菲律宾近多了，应该没问题。而且菲律宾人的肤色也跟日本人很像，让我产生了一种走亲戚般的亲切感。

当时距离出发还有两周左右，我当然去找"前辈"彻子讨教了一些经验。

彻子每年代表联合国儿童基金会，访问条件更加严苛、更加艰苦的地方，比如非洲、越南、印度……她总是选择处境凄惨、难民最多的地方去。每次出门前，她都要提前几个星期注射各种预防针，还要吃药。光是听她描述，都觉得这些准备工作很辛苦。

我感叹道："这么辛苦呀……"她却回答："要是生了病，就会给工作人员添麻烦，当然要做好准备。"她经常跟我们说，这份工作不是为了别人做的，而是她自己想做才做的。学盲文是为了让失明的人也能享受乐趣。学手语也是因为她想和失聪的人说话。

据说英文中"志愿者"的词源"Voluntary"有"志愿的、自发的"的意思。我虽然一把年纪，也想借这个机会回归初心，主动参加回馈社会的活动。

和我一同前往菲律宾的有宣明会秘书处的两位工作人员，还有专门负责陪伴我的海野女士。从成田机场出发，飞了不到四个小时，喝喝茶聊聊天的工夫，就到了马尼拉机场。

刚下飞机，我被机场大厅里人山人海的场面震惊了。

“这是怎么了，出什么事了吗？”

我诧异地问道。原来菲律宾人很重感情，家人之间的关系特别紧密。谁家里有人要出远门，或是远行归来，亲戚朋友都来送迎，这在菲律宾是常见的事。但无论在日本还是其他国家，都看不到这样的光景。

那天是工作日，飞机抵达的时间也是工作时间。照理说孩子们都该在学校上课，大人们也该在工作才对。

我看着机场外灼人的阳光，心想：唔……如果这个国家真的在为贫困头疼，可能也有这方面的原因。说不定和菲律宾一年四季都很暖和也有关系。

我想起小时候看过的《伊索寓言》里的故事《蚂蚁与蝈蝈》。蚂蚁在炎热的夏天辛勤工作，储备冬天的粮食。蝈蝈却不工作，就知道唱歌。没过多久，夏去冬来，吃的东西越来越难找。蝈蝈一筹莫展，就去找蚂蚁要吃的。

我看的那本绘本把可怜的蝈蝈画成了骨瘦如柴的样子，连路都走不稳，需要拄拐杖。那会儿我特别贪玩，所以这个故事给我留下了巨大的阴影。每当我想偷懒不学习的时候，脑海中就会浮现出蝈蝈拄着拐杖的模样，真是让人苦恼。

不一会儿，接机的车来了。我们四个坐车前往宣明会的办公室。早在十年前，宣明会就开始用来自世界各国的善款建设学校、医院等设施，采取了许多行之有效的援助措施。在机构中工作的都是本地人，还有人带着小宝宝来上班。他们比任何人都了解菲律宾的实际情况，也在为自己的同胞拼命努力。

第二天一大早，这些工作人员要带我去马尼拉市区。临行前，他们叮嘱道：

“黑柳女士，我们会路过一些狭窄的后街小巷，您最好穿裤子和运动鞋。”

他们还提醒我，在这里绝对不能喝生水。据说外国人尤其对病菌没有抵抗力，一喝生水就会拉肚子。我这个经常便秘的人听得两眼放光，可腹泻太严重，身体也吃不消，所以我还是决定按照工作人员的吩咐行动。

第二天，我终于走进了只在电视上看到过的贫困地区，目睹了生活在垃圾堆和瓦砾山中的人们。

眼看着好多人接二连三地从一栋随时都可能坍塌的房子里走出来。孩子们不是一丝不挂，就是只穿着一条内裤，没有一个穿戴整齐的。当然，每个孩子都光着脚。

不过孩子们的表情特别灿烂，充满活力，每双眼睛都漂亮而清透。被补习班和功课搞得精疲力竭的日本孩子可不是这样。

看到孩子们无忧无虑的模样，我甚至有些难为情。也许觉得他们“可怜”才是天大的错误。说不定真正可怜的，是那些日本的孩子。

烈日当头，光站着不动都会有汗水滴下来。下车后，映入眼帘的是从来没见过的脏乱景象，恶臭扑鼻而来。我边走边看，内心充满悲伤。不一会儿，我看到了往防空洞上盖一块铁皮，或是用三合板围出来的“房子”，那光景跟二战刚结束时的日本一样。路面凹凸不平，非常难走，怪不得工作人员建议我穿运动鞋。

走到一条坡道下面的时候，我看到一辆车开了下来。车里装着一个橙色的长方形箱子。

“死了一个孩子。”

我听见有人说了这么一句话。原来那个橙色的箱子是小小的棺材。

十来个人跟在车子后面走，大概是孩子的父母兄弟。我向那辆车深深地鞠躬，目送它离去。

周围的孩子一脸莫名其妙地看着我，可能是觉得不可思议。也许在这一带，有孩子死去并不是什么罕见的事。

我把脸重新转向这群孩子。他们立刻露出温暖的笑容，凑了过来。

摄影师把镜头对准我们的时候，还有孩子摆出了剪刀手。剪刀手代表和平[①]，可孩子们真的明白和平的含义吗？我不禁心想，要是能给全世界的人施点魔法，消灭战争和痛苦的疾病，让地球充满和平就好了。我甚至生出这样的想法——要是能用和平把地球裹起来就好了。

瞧瞧那圆圆的地球仪，就知道地球是一个整体。明明大家都是人类，为什么还要争个不停，发动无谓的战争呢？这不是很荒唐吗？

工作人员还给我介绍了一位在当地开办主日学校，开展各种援助活动的美国牧师。据说还有一位日本医生常来这个地区照顾孩子们，可惜他那天没在。帮那些孩子洗澡、洗头发，给他们吃美味的食物，让他们上学……该有多么辛苦啊。

那一定是个为理想燃烧的年轻医生。放弃日本的好工作与高收入，自告奋勇到这里做公益，真是个了不起的人。

和人家相比，我就差远了。我亲眼看到这个国家的现实，心中生出各种各样的感触，却什么都做不了。我怎么就这么没出息呢？想着想着，心里不禁着急起来。

回日本后不久，我就听说了菲律宾的皮纳图博火山喷发的

①在日本，V字手势近似笑脸，表示开心与亲和。而在英国等英语圈里，V字手势表示胜利。

消息。喷发规模比日本的云仙普贤岳大得多，受灾人数多达两百万人。直到现在还有大量的火山灰堆积在山上，一到雨季就会变成泥流冲下山去。而扬起的火山灰又会变成污染大气的危险物质飘落到地面。

据说受灾群众连粮食和饮用水都得不到保障。真是屋漏偏逢连夜雨，这个国家本来就很贫穷，为什么还要遭遇如此严重的天灾。

一想起在菲律宾见到的孩子们，还有那暖心的笑容，我就痛彻心扉。

听说住在马尼拉的日本商社外派员工的太太们组织了一个“皮纳图博救济会”，为筹集救援物资和善款四处奔走。还有摄影师拍了许多皮纳图博的照片，在东京举办摄影展，并印制明信片，帮助人们了解当地的惨重灾情。像这样分头做些各自力所能及的事，才称得上真正的志愿者活动。我也会利用一切机会，向大家讲述我在菲律宾的所见所闻，为国际援助活动尽一份绵薄之力。

在梵蒂冈宫殿疯狂购物

我这人的缺点多得数也数不完，首先是注意力不集中，其次是从不坚持做一件事，喜新厌旧、吊儿郎当、总是东张西望、不喜欢遵守常识……还有个大家公认的毛病，那就是爱冲动购物，换句话说就是缺乏经济观念。

这么写出来一看，我简直就是个笨蛋。有时候连自己都忍不住感叹，能平平安安活到现在真是不容易。

自作自受也就算了，最苦恼的应该是周围被我牵连的人。

被我的缺点连累的次数最多，受的罪也最多的人，肯定是已经过世的孩子他爸。亏他能耐着性子把我留在身边足足五十五年。

孩子他爸还在的时候，我总是把自己的“没药救”高高挂起，净数落他没药可救。可是现在想想，在无药可救这方面，我好像比他更厉害一点。

在梵蒂冈被孩子他爸大声训斥，也成了我难以忘怀的记忆。

梵蒂冈是天主教的圣城，也是天主教徒的大本营。它是全世界最小的国家，总面积只有三个东京日比谷公园那么大。不到八百人的教皇厅职员负责梵蒂冈与世界各国的外交工作。这个国家还有自己的货币和邮票……我直到现在还记得导游的介绍。

不过这个地方最大的魅力，还在于能亲眼观赏收藏在梵蒂冈宫殿内的瑰宝。

这座宫殿绝不会辜负你的期望。一踏进去，时间就仿佛倒流了一样，让你产生重回中世纪的感觉。我当时不禁大喊："哇……难以置信！"这种举动真是太不文雅了。

镶着彩色玻璃的圆形天顶是那么高，五彩斑斓的马赛克镶嵌画从天顶一直铺到地面。那色调到底是文艺复兴风格，还是巴洛克风格呢？在这种时候，我往往会感到懊恼，早知如此，就该好好学习美术史。

宫殿的绝美与豪华让我如痴如醉。在人类有史以来打造的所有东西里头，它一定是数一数二的。

宫殿里到处都挂着"请勿触摸"的牌子，但是在没有保安的地方，我还是稍微碰了那么几下。孩子他爸特别讨厌我做这种事。因为他对自己的要求很严格，人家让他不要碰，他就死也不会碰一下。

可我呢？走着走着，看到地上有个钱包，大概会偷偷环视四周，要是发现周围没人，就迅速把钱包塞进包里。

如果有人用拴着绳子的钱包做陷阱，那我肯定会立刻掉进圈套。但孩子他爸不一样，无论旁边有没有人看着，他都会把钱包交到警亭去。他就是这样的人。

去梵蒂冈的时候，我还叫上了好友林幸子。

对幸子来说，这次旅行是她先生给的奖励。因为她悉心照顾了婆婆好多年。婆婆还在家的时候就不用说了，住进医院后，幸子也是每天做好吃的给婆婆送去，带着成堆的脏衣服回来洗干净，烫平整再送回去，别提有多周到了。听说她婆婆也每天盼着她来医院。

她一直无微不至地照顾着婆婆，最后也是亲自给婆婆送的终。我觉得她的事迹堪称“昭和的美谈”。这种事可不是人人都能做到的。

幸子的先生也很感激她，就让她跟我一起去旅行，“好好犒劳犒劳自己”。

我跟幸子是老朋友了。当年我还经常找她借钱，一借就是五万、十万日元，真是帮了我大忙。

“幸子呀，你手头有没有五万左右的闲钱？能不能借我应急？”

只要我这么一说，她就会不动声色地回一句：“哦。”仅仅这么一句而已，从来不问我要把钱用在哪儿，到底出什么事了。

“我明天去银行取，你某某时间过来就行。”

她每次都这么说。

第二天过去找她，她就会默默地把装着钱的信封递给我。我都担心她是不是在生我的气。

我把这件事给孩子他爸讲过一次。他听完就说：

“你是不是傻，有谁会笑嘻嘻地借钱给别人。”

是吗？可我总觉得，善良的幸子知道低三下四地找人借钱有多么痛苦，所以才故意摆出一副冷淡的态度。

和关系很好的朋友一起去旅游，当然比平时更开心。我兴奋得都顾不上孩子他爸了。

导游让我们三点回中央广场的大巴上。我认定“时间还很宽裕”，这就成了错误的开端。

宫殿出口处有一个小商店。我们跑进去一看，发现了许多又便宜又好看的东西。

珠子穿成的项链、戒指、胸针……毕竟是天主教的圣地，每个东西上都有漂亮的十字架装饰。我觉得从来没见过这么漂亮的饰品，和幸子两个决定买一些带回去送人。逛商店的时候，我们简直比在宫殿里欣赏画作更疯狂，说出来还挺难为情的。最后，我们买的东西用两只手才能捧得走。

回过神来才发现，时针已经快指向三点了。

“糟了，赶紧走！”

快快快！我们气喘吁吁地跑向大巴。

跑到半路，只看见孩子他爸凶神恶煞地站在那儿。一看到我们，他便大吼道：

“糊涂虫，这么大的人了还迟到！一车人都在等你们俩呢。净给人添麻烦！”

看到人，他就放心了，却越想越生气。在上车前，他一直唠叨个不停。

上车一看，其他人果然都坐得端端正正，一看就知道他们的确等了好久。

“实在对不起……”

我们一边道歉，一边抱着大包小包往里走，别提多尴尬了。

考虑到大家的感受，孩子他爸又批评了我几句。坐在不远处的团友们笑着帮我解围：“好啦好啦……”

司机师傅是本地人，但他从车里的气氛也猜了个八九不离十，笑着发动了车子。

“对不起，我先生就是那样，一点火就着……”

坐定之后，我连忙向跟着我一起挨骂的幸子道歉。

幸子笑了笑，没说什么。她好容易出来一趟犒劳自己，却莫名其妙地挨了别人家老公一顿训，这才叫祸从天降呢。

当时买的那堆东西里有一串念珠，现在还挂在我家的墙上。一看到它，我就会想起梵蒂冈的那一幕。

孩子他爸已经不在了。再想看到那张雷霆大怒的脸，也看不到了。

也许是受孩子他爸的影响，我到现在也很少在约会时迟到，一般都提早过去等人家。但这个习惯有时也会惹麻烦。因为大家都认定“阿朝是从来不迟到的人”，于是偶尔因为堵车之类的迟了，就会害得对方担心我是不是出了什么事。

就说前些天吧，我跟人约好在三越百货总店的天女像那儿碰头，结果被堵在半路上了。对方越等越担心：阿朝怎么可能迟到呢！琢磨来琢磨去，就想起了我在约时间的时候说的话。

“话说回来，阿朝好像是这么说的……‘三越门口不是有个大大的天女像吗。咱们就在它的膝盖前见面，十二点见’。”

她抬起头，重新打量那座天女像，发现底座和身后的背光装饰特别大，最关键的天女却比她想象中的小。所以天女的“膝盖”其实在一个很高的位置。哎哟，坏了，阿朝说的不会是二楼吧？

她连忙冲上二楼，绕到天女的正前方，可还是没找到我。

“膝盖前面”说不定是三楼！于是她接着去三楼看了看，但我也不在那儿。

她在二楼和三楼之间来来回回走了好几趟，最后又回到了原来的地方。这时，对此一无所知的我终于现身了。

“我也是有例外的呀。”

我笑着对她说。可是人家觉得：

“在天女的膝盖前面等……这句话太容易让人误会了。”

“是吗？我不觉得这句话有什么奇怪……”

要是孩子他爸听说了这件事，他会帮谁呢？

打着灯笼也难找的古董表

动笔写这本书的初衷，原本是为了记录旅途中的故事。可是真的开始写了，才发现写出来的净是我的糗事。无论去哪儿都要捅娄子，我都在考虑是不是应该把书名改成“我的失败之谈”了。

我没做过什么拿得出手的事，也没做过值得表扬的事儿，常常给亲人和朋友添麻烦，把大家惊得目瞪口呆。好在身边的人都特别善良，多亏大家的帮助，我才能继续踏上旅程。人生之旅也同样如此。我总是感叹，多亏了亲朋好友的鼓励和帮助，我才能一路走到今天。

不过仔细想想，我这一路上也没遭遇过什么不幸，既没有连着好几天吃不上饭，也没有因为没地方过夜而犯愁。这么看来，我真是太幸福了，得好好感恩才行。

话说在多伦多小住那会儿，还有一段故事。

每次去多伦多，我都会住在同一家小酒店。酒店总共四层楼高，有一种旧时教堂的典雅氛围，我非常喜欢。

我的“老房间”在三楼靠里的位置。屋里有两个大房间，浴室里铺着漂亮的地毯，看过去给人“优雅的梳妆室”的感觉。这么好的房间，含税的价格居然只要八千日元，这在其他国家是无法想象的。

从酒店出发，稍微走一段路，就是肯森顿市场了。那里有堆成小山的中国食材、蔬菜和水果，价钱也很便宜。我爱吃水果，总会买上一堆，带回酒店塞进冰箱。

有一次，我在市场门口被一家店的橱窗吸引住了。橱窗里摆着一块富有个性的表，不是古董，就是经典款。我边看边想，店里可能有其他更便宜、更好看的玩意儿，便进去逛了逛。

我左看看右看看，发现了一块特别合心意的坤表，只要二十五加币，便毫不犹豫地买了下来。

我之所以要买，也可能是因为店老板帮我调好了时间，还不停地抬举我，说什么“太太，您买这块表准没错”，“您的品位真好”……后来他又说：“来，把手伸出来，我给您戴上。”戴上一瞧，感觉还真不错，我便下决心买了下来。

回到酒店，我还看着自己的手美滋滋地想：“价格不贵，东西却不错，打着灯笼也找不到这样的宝贝。”

到了晚上，我出了点汗，心想还是泡个澡吧。伸手去摘手表，却怎么都摘不下来。越摘不下来就越出汗，越出汗就越着急，心跳都加快了。

折腾了半天也没摘下来，我只能放弃挣扎，往手上套了个塑料袋，在手腕上拴一根橡皮筋扎住，防止热水沾到手表上。进浴缸的时候，我也高举着左手。这副模样也太惹人发笑了，要是让别人看见了，我这张老脸往哪儿搁啊……我越想越觉得滑稽，自己不禁笑了起来。

泡完澡出来，我换了个干爽一点的地方，又尝试了一番，还是没摘下手表来。

我没把自己当成戴钵公主[①]，可是一想到接下来的日子也许都得戴着这块表，我就一筹莫展，无论如何都坐不住。为什么倒霉的总是我？为什么出状况的总是我？

不把表摘下来，哪里还能睡得着。到头来，我还是上了出租车，哭丧着脸赶到肯森顿市场，找到了那家钟表店。

“您帮我摘下来吧。”

我伸出胳膊说道。亲眼看到老板摘下表，我才松了口气，

---

①《御伽草子》中的故事。母亲临终前在女儿头上扣了一个钵，后来女儿被继母赶出家门，却因为这个钵嫁得如意郎君，过上了幸福的生活。

开始绘声绘色地向他描述自己刚才是怎么泡澡的。

老板捧腹大笑。“我卖了那么多块表，还是头一次碰到你这样的人。”

我照着老板教的法子重新把手表戴好，又试着摘了一下。其实方法本身并不难，只是对我来说，光用一只右手操作还真是挺难办到的。说白了，就是我的手太笨。

我练了好几遍才回去。老板鼓励我说：“哪天又摘不下来了，再来找我吧。”

话虽如此，可我是游客啊。下次再摘不下来，只能自己想办法了。

后来我去了纽约。在纽约的餐厅吃饭的时候，我旁边坐了一位很有气质的女士。她一眼就看到我手腕上那块表了，夸赞道：“好漂亮的表呀。”

我微微一笑，说了句：“谢谢。”可惜我的英语不够好，没法给她细细讲述这块表闹出的风波，“它可把我害惨了……”

每次遇到这种情况，我都会感叹只身在外国就是不方便。不过人家毕竟夸了我的表不是？我也算保住了脸面。

哪怕讲日语，怕是也很难用简短而幽默的话把来龙去脉解释清楚。

如今，这块表被我塞进了抽屉的角落。不过拉开抽屉看到它的时候，我总会带着几分埋怨跟它打招呼："我当年可是为你吃了不少苦头。"

说起古董，纽约还真有不少很棒的古董店。一到古董店云集的地方，放眼望去，整条街上店铺鳞次栉比。橱窗里的东西都美极了，光是站在外面看两眼，都足以让人流口水。

但是最近，很多国家的经济环境都不景气。据说经济一旦出问题，头一个遭殃的就是这种古董店。毕竟古董是奢侈品，就算没有也能照样过日子。囊中羞涩的时候，大家当然会首先减少这方面的支出。

我不管什么经济环境，也不管有钱没钱，光是翻看那些印着古董或新艺术风格作品的影集，就让人开心。我可以翻来覆去地看，看一天都不觉得腻。看到最后，我甚至会生出自己已经拥有那件东西的错觉。

就算那是镶着许多宝石的王冠，我也会每天翻出来看一看，甚至会把影集的那一页顶在头上，对着镜子自言自语："我的脸太没格调了，戴这个不太搭。"我就是这么孩子气。

光看影集便能让我满足，所以就算有人让我进入托普卡帕宫的珍宝库，我也当不成珠宝大盗。

话说我住东京的时候，发生过这么一件事。有一天，我跑到百货商店买餐具。我一边琢磨着"买这么多是不是太奢侈了”，一边却挑了各种各样的商品，装进卖场的购物篮，拎到收银台排队结账。

眼看着前面还有五六个顾客在等，我把篮子往柜台上一放，转身回卖场去了，想再逛逛。可逛着逛着，我就懒得再回收银台了。

为什么呢？脾气急、没耐心等当然是一个原因，但更主要的原因是，“把东西放进购物篮”这个动作已经让我品尝到了购物带来的满足感，就像我已经把这些东西买下来了一样。碰上我这样的顾客，商家怕是要非常烦恼。

我没买下那些餐具就回家去了。不过回去以后，我由衷地庆幸：“啊……还好没买。”要是买这么多餐具回来，家里就揭不开锅了。

可是转念一想，我又有点同情那家百货店的店员。“那个客人居然没结账就走了，真会给人添乱。”人家肯定会一边嘟囔，一边把我拿走的东西一件件放回原处。

话说在纽约逛古董店的时候，我在一家看上去能淘到便宜货的店里发现了一个挺有意思的东西。

它看上去有点像剪刀，可以把拇指和食指伸进两条柄上的圈里，像使用剪刀那样。而且它从头到脚都有美丽的镂金装饰，顶端镶了一块圆圆的玻璃片，跟镜片似的。其实它不是剪刀，而是一副放大镜。旁边正好放了一张纸，我试着用它照了照纸上的字。每个字都变得大大的，看得特别清楚。镜片周围还有漂亮的景泰蓝花纹，我忍不住心动了。

一看价签，呵，才四十五美元。

“我有点想买这个，能不能再便宜点？”

我试着砍了砍价。

“您等等啊。”售货员去里屋跟一个店老板模样的人商量了一下，回来告诉我说，“可以给您便宜三十块。”

生意再难做，也不至于把四十五块的东西贱卖到十五块吧？我越想越纳闷，便问：“我看不清价签上的字，这个东西到底是多少钱？”

店员又把价签给我看了一下，原来标价是四百五十美元，难怪老板肯便宜三十块。

天哪，我可不想花那么多钱买个放大镜回去。

当时我没有表现出丝毫的慌张，也没有乱嚷嚷，而是装出细细打量商品的样子，然后找了个借口说：“镜片上有好多划痕哦……”就这样拍拍屁股走人了。可我心里想的却是“又粗心大意了”。

我这人的性子真是太急了，常看错价钱。这东西不错嘛，可以买……仔细一看价签，还是算了吧。这种事都是家常便饭。

每次犯这种错误，我都会在心里得意一番：我的眼光就是好，这可不是我自己瞎说。

我觉得多看看好东西，多看看“真货”，才能积累宝贵的经验。据说要把孩子培养成鉴定宝刀、古董美术品、古董画的专家，就得让他从小到大不接触一件赝品，只给他看最高水平的真货，才能培养出一双辨识真伪的慧眼。这种说法很有道理。

我一直觉得在赝品里找真品比在真品里挑赝品难，但事实好像不是这么回事。

这么多年来，我一直有意让自己多看好东西，多看真东西。今后我也想继续坚持真品的路线。

野口勇与舞会的名册

有一次，我去纽约住了几天。“要是野口勇先生还在，我肯定会去见他……”一想到这儿，我就心生遗憾。

野口先生是四年前在纽约过世的，享年八十四岁。照理说能活到这么大年纪也算长寿了，但在我看来，野口先生还是应该再多活几年，多创作一些作品。

他出生于洛杉矶，父亲是诗人、英语文学家野口米次郎，母亲是当过老师的美国作家。据说野口米次郎一直没有认这个儿子，甚至不允许他用“野口”这个姓氏，足见他的出生充满了辛酸。

据说他很小的时候就跟着母亲来到了日本，在香川县住过一段时间。我这样的外人总会纳闷，要来日本，也应该是跟着父亲来，怎么会是母亲带来的呢？

也许是他的母亲莉欧妮·吉欧蒙深爱着米次郎，想让孩子亲眼看看父亲的祖国日本，也想用日式的方法把这个孩子养大。母亲的良苦用心，都原封不动地体现在了野口勇的雕塑作品中。从国籍看，他的的确确是美国人，但他有一颗比日本人还日式的心。

几年前，我曾造访过野口在纽约的家，度过了愉快的一天。那次访问也实现了我长久以来的心愿。

话说十多年前，我做过一次切除肠道息肉的手术。就在我躺在手术台上，感觉到麻醉药一点点起效的时候，脑海中忽然响起了巴赫的《d 小调托卡塔与赋格》。

施韦泽博士[①]、指挥家小泽征尔先生、数学家广中平祐老师……一位位大师的面容在音乐的伴奏下浮现在我眼前，野口勇先生就是其中之一。半梦半醒间，我踏上一条鲜花盛开的小路，想去拜访他。

“快……再不快点去，就见不到他了……”

时间所剩不多，却怎么也走不快，把我急坏了。

没过多久，医生把我叫醒，说手术做得很成功。但是打那时起，我每次听到《d 小调托卡塔与赋格》，就会想起那天的

---

①阿尔贝特·施韦泽（1875－1965），德国哲学家、神学家、医生、管风琴演奏家、社会活动家、人道主义者，1952 年诺贝尔和平奖得主。

梦境。

“要是能见一见那些在世界舞台上留下傲人业绩的大师，采访采访他们，该有多棒……”这个愿望一直在我心里打转，难怪会做那样的梦。后来，我的愿望也一点点实现了。

第一次去纽约，我跟广濑医生（后来我每次去纽约都住在他家）讲起了手术台上的梦，还说：“有没有什么法子能见到野口勇先生？要是能见他一面就好了……”

巧了，广濑医生还真的认识野口先生。

“他是个大忙人，我也不确定他这会儿在不在纽约。”

他预先提醒了我一下，但还是帮忙联系了对方。

更巧的是，野口先生当时正好在纽约，真是太幸运了。据说他是前一天刚回来的，只有今明两天在，后天又要启程去夏威夷，日程排得满满当当。就在这个当口，他接到了广濑医生的电话。这通电话打得也太是时候了。

而且野口先生二话没说，当即答应在第二天下午见我。

我经常碰到这种从天而降的幸运。我常跟人炫耀说“我是个特别幸福的人”，不过最近渐渐开始觉得，这些幸运看似巧合，其实却不是出于偶然。能见到想见的人，一定是因为我们本来就有缘分，上天也会安排我们在机缘巧合之下自然而然地见面——这么想是不是太把自己当回事了？

眼看着梦想就要实现了，而且第二天就能见到真人，我兴奋得快要飞上了天。为了感谢他答应我的请求，也为了表达敬意，我订了一束花，让店家在明天下午前送到他家。

我果断地要了大红色的玫瑰花，还附了一张问候卡，上面写着“满怀爱意”。这么写是不是不太好？我并不是没有犹豫过，但还是说服了自己：见到一位向往的绅士时，产生的喜悦是无关年龄的。正因为我一把年纪了，才能厚着脸皮把这句话送给他。就这样吧，不用太介意。

第二天，我在广濑富子夫人的陪同下出门。

该穿什么衣服去见野口先生呢？我左挑右选，最后还是决定穿长裤，毕竟我是去“做采访”的。

“幸会幸会。”

与野口先生握过手，打过招呼之后，我抬起眼睛。在看到他的眼睛的一刹那，我的心咯噔一跳。因为我感觉，他跟歌德是相同类型的人。

那双眼睛蕴藏着激情，富有魅力。直觉告诉我，他跟歌德一样，都是那种无论多大年纪，都会恋上十六岁少女的人。也许这是杰出艺术家的共同点。

我送的玫瑰漂漂亮亮地插在花瓶里，摆在宽敞客厅的圆桌上。圆桌旁边就是野口先生的作品。问候卡也摆在花瓶旁边。

“您看上去好年轻呀。”

这可能是客套话，但是每个女人听了都会欢喜。一开口就说这个，也能看出野口先生的水平。

“一见到像您这样活力四射的人，我也觉得精神不少。”

房间的角角落落还有院子里，都摆满了他的雕塑作品。我的视线也不自觉地被那些作品吸引住了。他见我看得入迷，便为我一一讲解起来，还说他打算以后把这里改造成美术馆。

宽敞的院中的树荫下，放着一座由两块相互抱合的石头组成的作品。他指着这个作品说：

“我特别中意它。您能看出来吗？这两块石头代表的分别是男性与女性。”

和野口先生的其他作品相比，这座雕像算是比较小的。我仔细端详了一会儿，的确感觉到了一种格外香艳的氛围。

“所以您才把它藏在树荫里吗？”

我这么一问，原本安静沉稳的野口先生突然笑了起来，笑声洪亮得惊人。

天哪，我怎么说了这么俗气的话！我羞得面红耳赤，好一阵子不敢看他的脸。好不容易才盼来这次采访机会，我本想表现得正经一点，可没过几分钟就露出了真面目，真是太没出息了。

聊着聊着，我们决定在作品旁边合影留念。

我盼星星盼月亮，只盼着快点看到洗好的照片。

“要是没拍好该怎么办……”

我还想过，要是没拍好就藏起来算了，不给野口先生看。好在最后洗出来的照片效果很好。照片中的我看起来十分开心(能不开心吗)，野口先生也显得非常放松，亲切自然。

我对照片满意极了，总是随身带着，逢人就拿出来显摆一番。广濑医生都笑话我说：

“你老公要吃醋了，当心他来找你算账哦。”

可惜野口先生现在已经不在人世了。再也见不到那双朝气蓬勃、魅力十足，但是在讲解作品时却会变得格外严肃的眼睛了。不过我也会换个角度想，当时能抓住机会在纽约见他一面真是太好了，如此一想，便沉浸在那一天的愉快回忆中。

今年春天，竹桥的国立近代美术馆举办了“野口勇回顾展”。据说这是野口先生的作品第一次在日本大规模展出，我当然立刻就去看了。

会场展出了九十多件作品，充分展示了先生从初期到晚年的代表作。如果要仔仔细细地欣赏，一天时间肯定不够用。我越看越不住口地感叹，野口先生的风格太多变了，世上怎么会有这么厉害的人。

雕塑只是他创作活动的一小部分。他还设计过庭园、游乐场、舞台装置……还有我特别喜欢的照明灯具。他的创意是那么自由奔放，不受任何限制。他的灵感究竟是来自哪儿呢？我总觉得这和他是日美混血，又在美国长大有很大关系。

他对各种材料也做出了全新的诠释。欧美人常用的有分量感的石材也好，日本人青睐的纸张也罢，他都能运用得出神入化，给我们新鲜的启迪。

会场里挤满了年轻人。他们大多数是第一次听说“野口勇”这个名字，想知道他到底是什么人，便抱着看热闹的心态来了。

野口勇先生和我一样流淌着日本人的血。他是一位值得我为之自豪的伟大艺术家，值得我给予最好的评价。

对我而言，他也永远是“舞会的名册”[①]中无比珍贵、不可替代的一页。

---

①《舞会的名册》是 1937 年上映的法国电影，导演为朱利恩·杜维威尔。影片讲了十名男子在舞会上邂逅了十六岁的女主角，向她许诺“爱你一生一世”，但女主角选择的却不是他们。十五年后，女主角丧夫，她拿着当年舞会的名册，踏上寻找舞伴的旅途。

后悔没买下那栋洛杉矶的房子

我每年都会花三个月时间去北美各地演讲。从美国的纽约开始，然后到西海岸、夏威夷、洛杉矶、旧金山、西雅图、丹佛，再前往加拿大的温哥华和多伦多。演讲会场以教会为主。我把这项活动称为“七夕巡演”，已经坚持了好几年。去年，我终于下决心定居旧金山郊外，打算每年冬天都在那里度过。

住在美国有许多不便之处，而且我英语不好，沟通起来有些吃力。但也有很多乐趣是只有住在这里才能体会到的，比如播种养花，或是趁着别人搞“车库大甩卖”的时候去淘古董。

我的小家在圣卡洛斯的奥兰治街。我年轻时就很喜欢《迷娘》[①]，经常哼里面的曲子。奥兰治街的风景能让我联想到剧中的那首《君知否南国》。

---

①歌剧名，取材自歌德的《威廉·麦斯特尔的学生时代》。

我家的斜前方是杉山家。杉山家的院子里几乎把所有能种的水果都种了，要找出一种他们家没种的反而很难。拳头一般大的无花果、橙子、桃子、二十世纪梨、长十郎梨、洋梨、栗子、葡萄、猕猴桃……咬一口满口清甜的苹果也种了好几种。还有皮薄汁多的柠檬和西柚，连开心果树都有，品种十分丰富。

杉山偕子夫人既是声乐家又是钢琴家，所以一天到晚总有动听的乐声从房子里传出来。

据说只要把谢了的兰花摆在音乐室的窗口，它就一定能再次开花。放在别的地方不行，只有音乐室的窗口才会开，真是神奇。花儿是不是也懂得欣赏优美的音乐呢?

偕子是世间少有的爱花之人。听说常有陌生人按她家的门铃，问她:“等花儿谢了，能不能分点种子给我？”

她说，为了分种子给别人，她忙得不可开交，也觉得分外自豪和开心。我给她出过一个很小气的主意:“你干脆开个花种店吧？”让她忍俊不禁。

前年，一位从法国回来的画家朋友神神秘秘地从口袋里掏出一些看上去跟垃圾没什么区别的种子，送给了我。

我把种子放在白纸上观察，感觉有点像罂粟籽，可罂粟籽有这么小吗？但我还是找个地方把它们放好了，到了春天，把其中一部分装进信封里，寄给了爱花的偕子。

于是，漂亮的酒红色罂粟花在日本和美国同时绽放了。偕子家的花恰好是靠近马路的一侧开得最繁盛，把美国的太太们迷得神魂颠倒，听说按门铃讨种子的人就没停过。

我种的罂粟也开得美极了，每次有客人上门，我都会忍不住炫耀一下。大家也纷纷问我要种子。

偕子和我觉得这花什么都好，唯独有一个小瑕疵——每朵花的中心都有一个宽宽的黑色十字图案。我们还感叹："就是这一点点黑，让花儿的动人指数打了折扣。"

今年，我们也特意留了种子。等合适的季节一到，就在两地分别播下好多种子。

过了一阵子，花又开了。没想到无论是洛杉矶的还是东京的花儿，花上的黑色十字都消失了。居然会有这种事？

"花儿是不是听见我们说话了？"

"它们是不是能听懂日语？总觉得有点对不起人家……"

我们俩都有那么一点点过意不去。但讨种子的人还是络绎不绝。

话说回来，我有时候还会为二十多年前错过的那栋洛杉矶的房子懊恼。

我跟孩子他爸第一次去洛杉矶是一九七〇年前后的事。当时，举世闻名的木琴演奏家平冈养一先生就住在那儿。老朋友北野医生和许多朋友也都生活在洛杉矶。一踏上洛杉矶的土地，我就觉得那里辽阔又温暖，民风也豪爽，像极了我的故乡北海道。

马里布的海滩叫“威尼斯”——听起来像是意大利的地名。那真是个好地方，无论去哪片海都很近。有停靠大型船只的地域，也有可爱的游艇连成片的港湾。在种着行道树的主干道旁，艺人们有的演奏乐器，有的跳起舞蹈，想方设法吸引行人的注意。

而且洛杉矶盛产新鲜美味的水果，正中我这个水果爱好者的下怀。在我眼里，洛杉矶仿佛是人间天堂，我一瞬间就深深爱上了这个城市。后来我们也时不时去那里一次。

每次去都能交到新朋友，平冈先生他们也总说：“小黑啊，你就别回去了，干脆住下得了。”“这里有各种工作可以做，养家糊口绝对没问题。”有好几次，我们都被说动了，琢磨着要不要搬过来。

逗留时间最长的那次，我们连着住了六个多月。当时孩子们都长大了，走上了各自的发展道路，也有出国留学的。我还跟孩子他爸说：“说不定这回该轮到咱们留学啦。”

那会儿，我们经常在散步的时候顺便逛逛待售的空房。

在美国，很多待售的房子是家具设施一应俱全的，有的卖家甚至会把熨烫台和熨斗之类的留下，只带着随身行李入住也没问题。

逛着逛着，我们发现了一栋可爱到让人不敢相信的房子。它占地面积大概三万坪[①]，后院的柠檬树果实累累，院子里摆着绿色的桌椅，开满了鲜花。

正面的玄关入口装着可爱的白色双人秋千。门的一边是高度几乎到二楼的爬藤蔷薇拱廊。屋里有固定在墙上的橱柜，图案都是蓝底花朵，很有匈牙利风情。

厕所和冲淋房总共有四处，浴室和冲淋房贴的瓷砖以浅紫色为主，点缀着大大的粉色彩带。摆着大浴缸的地方还铺着漂亮的地毯。

那房子真是美得让人心醉，而且售价仅为两万六千美元。当年的汇率是一美元等于三百日元，假如卖家再稍微打点折扣，那就是大约七百万日元。首付只要一成，也就是七十万日元，剩下的可以按揭。囊中羞涩的我们也绝对买得起。

可是斟酌了半天，我们还是放弃了，心想不是一直住在美国，买了又有什么用呢？其实洛杉矶的亲戚朋友也都是住公寓的。我们完全可以把房子买下来，然后租给他们住。当时怎么就没下决心呢？我真是后悔极了。

---

①日本面积单位，1 坪≈3.3 平方米。

打那以后，我再也没遇到过那么棒的房子，也不知道现在是什么人住在里头。

在找房子的时候，我还遇到过这样一件事。我看到一栋房子门口插着“待售”的牌子，就探头往里看了看。这时，一位六十来岁的帅气的白人大叔从屋里走了出来，问道：“您在找房子吗？”

我回答：“是的。”“那您可一定要买这栋房子啊。”他激动得就差没拽住我的袖子了，“实不相瞒，我太太三个月前在前面那个十字路口出车祸走了。只要还住在这里，就能看见出事的地方。我心里空落落的，只想早点搬走。”

他苦苦央求，仿佛抓住了一根救命稻草。

我安慰他：“天哪，太可怜了，我能理解您的心情……”可我哪儿还有心情看房子。人家还问我要不要喝杯咖啡，我只好婉言拒绝，狼狈不堪地逃跑了。

美国人也太老实了。听他这么一说，谁还愿意买他的房子？但他好像觉得这份不幸是只属于他一个人的悲哀，和别人没关系。不过，事实也的确如此。

还有过这么一件事。有一回，我借宿在高桥家。他们家的孩子要去附近的钢琴老师家上课，我就把孩子送了过去，然后在附近随意闲逛，准备一个小时后再去接。

走着走着，我发现马路边有一片地方把土堆得高高的，种了许许多多的花，像公园似的。

花开得正好，那景象真是美不胜收。我一面赞叹，一面看得出了神。就在这时，一位男主人模样的绅士微笑着从屋里走了出来。他有一头漂亮的银灰色头发。他问我："您很喜欢花呀？"我回答道："太喜欢啦，您家种的这些花，我都能叫出名字来。这是豌豆花，这是三色堇……"我越说越来劲，把院子里的花都说了个遍。

男主人高兴坏了，直喊："哦哦！哦哦！"

聊着聊着，我发现院子里的树都被修剪成了动物的形状，便说："我还是第一次看到这样的树呢。"

他问："您去过迪士尼乐园吗？"

我回答："去过几次。"

他就开始跟我炫耀。"迪士尼乐园里的树也是我的公司派人修剪的。"

其实我第一次去迪士尼乐园，就发现通向乐园入口的路边种的树都被修剪成了各种动物的形状。可我刚刚说过自己从没见过这样的树，只能装作一无所知的样子说："那我下次去的时候一定仔细观察一下。"

顺便再讲讲另一件往事。有一次，我去超市买东西，回程选了一条和去的时候不一样的路。我很喜欢挑陌生的路走，尤其是在国外的时候，走不熟悉的路线更是一大享受。

那条路两边都是漂亮的房子。我一边欣赏每户人家的院落，一边往前走。突然，我看见一位六十来岁的大叔站在某户人家的玄关外，对着我招手，好像是想让我过去。

一个人闲逛的时候，我总会把脸绷得紧紧的，笑也不笑一下，不给人一丝可乘之机。我起初并没有理会他，快步走了过去，就像完全没看到一样。

走了一会儿，我悄悄回头一看，发现那个大叔居然追过来了，就站在离我十多米远的地方，还在做和刚才一样的手势。

我吓出了一身鸡皮疙瘩，头也不回地抄了好几条小路，逃回了家。

冷静下来想想，那个人好像也不是什么危险人物，可能只是想和我聊聊。我这么撒腿就跑，还真有些冒犯到人家了。

在美国，大多数女人上了年纪也会外出工作，白天无所事事的男人反而大有人在。有些人就喜欢在外头晃荡，看起来怪怪的大叔好像也不少。

这几年，日本似乎也冒出了不少退休后黏着太太不放的“牛皮糖族”。也许男人一旦脱离了工作岗位，就会像断了线的风筝一样。

我家那位就更夸张了，一直以来都特别黏人。无论去哪儿，都嚷嚷着“你也一起去吧”，非得我陪着，否则就不乐意。当时我也嫌他烦，觉得两人总在一起很辛苦。可是现在回想起来，我才意识到，那段时间是我们最幸福的时光。

人啊，总要等到失去那份幸福后才追悔莫及，还老说“我想要自由”呢。

美国有很多怪大叔，不过我在别人眼里大概也是个怪阿姨，毕竟我总是一边散步，一边偷看别人家的房子和院落，真是不相上下。

在纽约追寻“过了四十才算好的男人”

广濑医生是个生活特别有规律的人，每天早上六点洗漱完毕，出门慢跑一个小时左右。回家后埋头写专业的医学论文，写得差不多了再吃早饭。

每次来纽约，我都会借宿在广濑家的别院，住得自由自在。广濑富子夫人还专门准备了一个供我用的大冰箱，里头总是塞满各种各样的水果和食物，我什么时候想吃，就自己拿出来吃。还有比这儿更棒的“定点旅馆”吗?

每次来住，我都不由得感叹，这样的寄宿生活真是太舒服了，要是能一直住下去就好了。

而且广濑夫妇生怕我一个人待着无聊，会时不时邀我出去走一走。

“阿朝，总闷在家里对身体不好。要不咱们开车出去兜兜风，顺便去山上那家寿司店吃一顿吧？”

一天，他们又在快到中午的时候向我发出邀请。

“那家店的寿司真心做得不错，无论什么时候去吃都让人心满意足。再说了，你应该也很想见见井上师傅吧？不知道他今天在不在……”

“富士山餐厅”位于纽约到新泽西州的半路上，开在一座山里。餐厅的规模很大，屋顶铺着瓦片。院门口竖着一座巨大的红色鸟居。穿过鸟居往里走，就能看到八个排成一列的小鸟居。院里的每一栋楼屋顶两端都装着金色的兽头瓦。室内的天顶架着纵横交错的木材，形成一个个方格，每个格子里都有颜色鲜艳的画，就跟丰臣秀吉称霸天下时造的城楼一样。还摆着金灿灿的屏风、隔板之类。

餐厅内部设有寿司区、天妇罗区和烤肉区。欢快的生日歌此起彼伏。人们来这里举办同学会等各类聚会。一眼望去，感觉每桌客人都在用自己的方式享受着愉快的时光，不会特别顾忌邻桌的人。

餐厅工作人员的装扮也各不相同。有人穿着印有富士山图案的短褂，也有白人姑娘穿着可爱的衬衫，下身配连裤袜，展示着傲人的长腿。

经理穿着金光闪闪的日式裙裤，腰间插着一把扇子，一副

“大老爷”的打扮。餐厅还设有婚礼会场，甚至有可以举办演讲会的大厅，简直像大型综合娱乐设施。听说除了这家店，还有五六家开在其他地方的连锁店。

广濑医生第一次带我来富士山餐厅那天，工作人员给我拍了好多照片，说是要留作纪念。还记得当时医生笑着说：“要不了多久，他们就会把你的照片裱起来挂在墙上。”

临走时，店老板藤田先生塞给我们一大堆寿司、天妇罗和甜点，说是让我们拿回去“当夜宵吃”。

然后他还跟我握了握手。听说他当年是摔跤运动员，拿过奥运会的金牌还是银牌。被他的大手一握，我只觉得手疼，差点喊出声来。

藤田夫妇对待客人既谦虚又热情，人情味十足，让人十分佩服。也难怪餐厅从早到晚都是人山人海。

那天是我第二次去富士山餐厅。广濑医生说，午市的营业时间可能只到下午两点，于是我们十万火急地开车出门。吃寿司当然要吃江户式寿司了。我本以为在外国肯定吃不到美味的寿司，但井上师傅做的寿司水准很高，在东京都很难吃到这么好的。

一提起纽约，大家都会联想到音乐剧《西区故事》的背景所在地，也就是纽约的闹市区，不然就是曼哈顿的金融街。其实只要走到郊外，就是一望无际的森林，树冠都很漂亮，树干不是很粗，但树都挺拔高耸。

我总是纳闷，为什么它们都能笔直地朝天空生长呢？难道树下的地看上去是石头，其实却是肥沃的土壤？那倒是跟美国这个国家的实际情况不谋而合。大家都说美国的经济环境多么不好，可美国人的生活一点都没有“经济不好”的迹象。毕竟日本和美国在国家的规模上还是相差甚远。不过那些人的奢侈生活肯定也是靠大量的财力和人力堆出来的。

我们紧赶慢赶，终于在两点前抵达了餐厅。“说不定好东西已经被别人吃光了……”我们一边说着，一边穿过院门口的红色鸟居走进店里。

好安静啊，完全没有上次来时的那种翻天覆地的喧闹。

“奇怪，不会是已经收工了吧？”带头的广濑医生边嘟囔边往寿司区走，随即他欢呼道，“啊，还有还有！我以为午市已经结束了。”

“怎么会，正准备开张呢。各位是我们今天的第一批客人。”

擦得铮亮的玻璃板后面摆着各式各样的食材，每一种看起来都十分诱人。

“太好了、太好了，原来两点是开门时间啊。”

新鲜的食材当然赏心悦目，但更引人注目的是厨师井上师傅。他既不嬉皮笑脸也不过分严肃，长得有点像哪个演员来着？

是因为人上了年纪，阅历增多，所以能这样品评男人的相貌了，还是因为孩子他爸不在呢？孩子他爸是个大醋缸，我稍微夸赞两句某个电影演员，他都要不开心。有一次，我不过是和上门推销的人聊了几句，他居然气得大声吼我。

“阿朝，你说咱们井上师傅是不是很帅？”医生也询问我的意见。井上师傅就在我们跟前，听到这话还是有点难为情的。他的个子高得刚刚好，穿潇洒的日式制服特别好看。整整齐齐扎在头上的缠头布，在他的衬托下仿佛变成了时髦的印花方巾。而且他会仔细观察客人的喜好，选出最合对方口味的食材，这方面的直觉也好得没话说。他捏寿司的手法又快又优雅，难怪店老板特别倚重他，不舍得他到别处工作。趁着其他客人还没来，我们有幸独占了井上师傅，品尝到了许久没有尝到的美味寿司。

“您来这里几年了呀？”

“这是第五年啦。”

医生和井上师傅聊得很起劲。据说井上师傅是一个人来的，把老婆孩子都留在了东京。

突然，身旁爆发出一阵笑声，我们听到一句：“淡泊吗？那敢情好！”正忙着吃寿司的我和富子面面相觑。

“这是说人家清心寡欲呢……”我们也笑了笑，继续埋头享用寿司。

“今年夏天，我女儿就要过来了。”井上师傅说道。

“孩子几岁啦？”医生问。

“刚满二十岁。”

啊？我一直以为井上师傅还不到三十，结结实实地吓了一跳。女儿都二十岁了，说明人家肯定是四十好几了。嗯，男人过了四十岁才算好。

井上师傅旁边还有一位留着胡子的年轻人，看起来有点像爵士乐手。他不声不响地整理着冷柜里的食材，微笑着听我们聊天。

井上师傅给我们介绍了一下：“他天赋不错，可惜再过一个礼拜就要去夏威夷了。”说是年轻人的妻子有兄弟在夏威夷开店，所以他们要一起过去帮忙。

“他太太特别想过去，他虽然不情愿，但只能陪着一起去。”

我们几个你看看我，我看看你，心想那真是太可惜了，多好的一对搭档。在这个与日本相隔千山万水的国度，男人们看似无忧无虑，却也各自背负着家庭的重任，真是家家有本难念的经。

“怎么样，好吃吧？”

离开餐厅后，医生这么问我。

“嗯嗯，寿司很棒，井上师傅也特别棒。要吃寿司，就得来纽约。男人啊，还是过了四十岁的好。”

这顿饭吃得心满意足，唯一让我担忧的是，广濑夫妇对我这么照顾，要是他们哪天来了日本，我要怎么招待人家才行？

最近，日本似乎没什么像花都江户那样能让广濑夫妇眼前一亮的东西。有个词叫“人才流失”，我觉得寿司师傅的“技术流失”也在不知不觉中加剧了。

回家前，我们顺路去了趟花店，买了一些睡莲。

那家花店颇有些迷你植物园的感觉，货架上摆满了稀奇而漂亮的花卉，还有我最喜爱的荷包牡丹。做成盆栽的荷包牡丹植株相当大，开的花和高山植物驹草的花一模一样。雪白的、粉色的、酒红色的……五彩斑斓的盆栽叫人眼花缭乱。荷包牡丹看起来有点像一根钓竿上挂着好几条鲷鱼，所以才得了个“鱼儿牡丹”的雅号。

美国人管它叫“Bleeding Heart”（流血的心），因为它的花看上去像一串串粉红色的爱心。

我们开玩笑说：“要是人也有这么多颗心，心碎几次都不怕了。”连心脏手术的世界级权威广濑医生都要甘拜下风。

“不过，人的心就算是碎了，也能坚持很久。”

医生好像没听懂我的冷笑话。还好没听懂，我这人总会时不时冒出些无聊到极点的念头，把自己羞得面红耳赤。

后来，我们走到了摆放着许多睡莲的地方。这家店的一大特征就是有好多巨大的水缸。镰仓八幡宫池塘里不是有很多睡莲吗？这里的睡莲也是一样大小，硕大的花蕾分外壮观，让人联想到装奠仪的袋子。

我最喜欢的还是那种跟莫奈的画儿一样，色调比较梦幻的睡莲。每一株的颜色都有微妙的不同，我犹犹豫豫了半晌，好不容易才选了五六株出来。

这家花店的结账手续还挺有特色，客人要先取号牌，然后坐在长椅上等工作人员叫号，就像去银行排队办业务似的。我们去结账的时候，已经有几个客人在等。他们一边等，一边在吃东西。

定睛一看，原来店门口放着小篮子，里头有好多看着像奶油糖果的东西。于是我们也去拿了几颗，边吃边等，等了好久才轮到。付完钱还不能立刻提货，因为提货处在旁边那栋楼里，得开车绕过去拿。

因为美国的房子面积大，家家户户都开车，花店才会弄出这么一套结账手续，跟一些日本快餐店的“得来速”一样。

工作人员把装在盒里的莲花递了过来。莲花那大大的叶片都用塑料膜巧妙地包起来了。其实我还看中了不少其他种类的花，但没法把在美国买的花带回日本去。更何况再走一遍“得来速”的流程也很麻烦，想想还是算了。

当务之急是赶紧回去，把花盆放进水池里。再磨蹭就要碰上纽约的晚高峰，到时候可就麻烦了。于是我们立刻启程往家赶。

孩子他爸也很喜欢池塘，种过好多睡莲。想当年鲱鱼的价格还很便宜，所以他买了很多掐头去尾、劈开晾干的鲱鱼给莲花当肥料，每个盆里插上两三条，等莲花开出五颜六色的花。泡着泡着，鱼干就涨开了，引得池里的红鲤鱼和金鱼纷纷把头钻进盆里吃起来。我还记得孩子他爸兴致盎然地探头看着池塘里的景象，说道：“嗯，它们肯定是在吃鲱鱼。”

一到家，医生顾不得休息，立刻套上能裹到大腿根的长筒胶鞋，把装着睡莲的盆子搬进池塘，错落有致地摆放，连每片叶子的朝向都调整了一番。

看着舒展开来的叶子悠然漂浮在水上，只觉得整个人都变得清凉。水上的绿叶还是这种形状的最好看。已经长出来的几个花苞也抵在了叶片上，仿佛叶子是它们的枕头一般。

我感叹道：“真好看啊。”医生好像也对自己的成绩非常满意，说：“应该会在一个星期内开花吧。”

在院子里弄个池塘，总有种“拜借自然之景”的感觉。不过说到底，池塘和院子总归是绝佳搭配，看着令人心情舒畅。孩子他爸也特别喜欢池塘，住的房子再小，他也会花上好几天亲自挖个池塘。先用水泥把地面固定住，等水泥干了，再倒许多稻草进去。据说稻草是用来“吸碱水”的，要是省略了这一步，金鱼就会死掉。

后来，他听说醋有中和碱水的功效，就买了一升①回来，统统倒进了池塘。那会儿醋的价钱也不便宜，这么往水里倒真是糟蹋东西。

有一次，他瞥见鱼店门口有泥鳅卖，就买了三十来条回来，还说：“等它们长大了，就做蒲烧泥鳅吃。”

我反问道：“泥鳅能像鳗鱼一样越养越大吗？”他回答：“养个三五年，就能有鳗鱼那么大了吧。”

“可是孩子他爸，你舍得吃自家池塘里养大的鱼吗？”

“也是，是挺可怜的……”

我们住过的另一处房子有一个用砖砌出来的池塘，大概有两张榻榻米那么大吧。家里的每个孩子都至少掉进去过一次。后来小明（长子）走了，孩子他爸又弄伤了最宝贵的手指。家里每次出点不好的事情，看风水的人都会告诉我们，是池塘招

①日本容积单位，1 升≈1.8 公升。

来了霉运，家里是不能有池塘的。我能跟孩子他爸吵吵闹闹相伴五十五年，也真是不容易。

不过话说回来，我明明在离日本那么远的纽约，为什么还会想起那么多与孩子他爸有关的事呢？是睡莲勾起了我的回忆，还是因为见到了井上师傅？透过玻璃窗遥望着池塘，让自己稍稍沉浸在浪漫的感怀中，倒也是种挺不错的感觉。

在圣地亚哥拜访赖肖尔夫人

去年，我在加利福尼亚州的圣地亚哥拜访了赖肖尔先生的遗孀松方春女士。这件事也给我留下了深刻的印象。

曾任美国驻日大使的埃德温·赖肖尔先生是日本与日本人的知音。一眨眼的工夫，他去世已有一年多了。我早就听说春女士住在圣地亚哥郊外，把家安在了能俯瞰太平洋的拉荷亚的山丘上，过着平静的生活，日日与对亡夫的追忆为伴。

这次访问要从来自日本的一通电话说起。当时我正好在加利福尼亚的圣卡洛斯小住。

“阿朝，你能不能在走之前替我去看看赖肖尔夫人？”

打电话的人是我的好朋友——住在札幌的书法家小川东洲老师。

“我都好久没问候过她了，你买一束漂亮的花帮我带过去，就说是我送的，成吗？拜托啦。”

东洲老师总是这样，打着“拜托我帮忙”的旗号，其实是给我与人见面的机会。他知道我喜欢结识各种各样的人，也知道这样的会面能给我提供写作的素材。多亏周围有这么多热心的朋友，我的人生才能如此丰富多彩，我一直很感激大家。

真到了要去拜访的时候，也一定有人陪我一同前往，给我当帮手。无论走到哪里，都会有人无私地帮助我。

说到这一回，就是住在洛杉矶的东乡昌子女士主动请缨。

昌子也是我的老朋友。她起初是以留学生的身份来美国的。后来，在洛杉矶有许多产业的菲尔先生对她一见倾心，与她结为夫妇。婚后，这位“灰姑娘”一直定居在洛杉矶。

我特别喜欢这对夫妇，他们虽然是超级富豪，却没有一点架子，平易近人、风趣幽默，品位也很好，而且胸襟开阔，对谁都是一视同仁。每次见面，我都会产生昨天才与他们分别的错觉。

昌子是个闲不住的人，所以也当着日本杂志社的特派员。有她陪着我去，真是再放心不过。

我到洛杉矶的时候，昌子夫妇还特意来机场迎接。当天晚上，我就住在他们家的大房子里，马里布的海景近在眼前。

她的爱人菲尔先生总是那么平静温和，会笑嘻嘻地开两句玩笑，敞开胸怀欢迎我的到来。用餐的时候，他一会儿检查肉有没有烤好，一会儿给我们夹菜倒水，跟日本男人完全不一样。

昌子家养了一只可爱的狗狗，有日本狗的血统，尾巴蜷曲着，像极了童话故事《开花爷爷》里那只跟老爷爷说“快挖这里，汪汪”的小狗。

狗狗的名字叫“没办法”。这个名字是怎么来的呢？从昌子在宠物店买下它带回家的那一天起，它就开始到处闯祸。高级地毯和名贵沙发都成了它的厕所，气得昌子边喊“真拿你没办法”，边追着它跑。一天下来，她不知要说多少遍“真拿你没办法”，菲尔先生就干脆把“没办法”当作狗狗的名字了。

听说菲尔先生看着昌子一边说“真拿你没办法”，一边打狗狗的屁股，便劝道：“不就是地毯嘛，弄脏了就洗，你别骂它了。我觉得这一下一下都打在了我身上，好难受啊。”瞧瞧，这是一位多么善良的先生。

第二天，拜访赖肖尔夫人的日子来临了。

圣地亚哥在洛杉矶以南一百九十公里外的地方。多亏菲尔先生屈尊给我们当司机，经过一段舒适的汽车之旅，我们顺利抵达了拉荷亚山丘上的赖肖尔家。

住在圣地亚哥的有钱人特别多，这在美国也是出了名的。但映入眼帘的房子是朴素的双层木结构小楼，外观是典型的美国郊外住宅。听说赖肖尔先生的晚年就是在这里度过的。

“我先生很喜欢这栋房子，因为从这里能看到大海。”

这是赖肖尔夫人见到我们后说的第一句话。

走到院子里，便能将太平洋的海景尽收眼底。赖肖尔先生毕生致力于在日美两国间架起友谊的桥梁。我也觉得他退下来后定居这里再合适不过。

屋里摆的都是日本的老式家具，典雅而稳重，能隐隐约约看出赖肖尔夫妇晚年的生活状态。

我说：“这次多亏了东洲老师介绍才能见到您。别看我一把年纪了，其实现在紧张着呢。”

“哎呀，我也是一样。不过看过您写的书，我发现您跟我其实是同一类人，于是我就放心了。听说您小时候特别淘气，是吧……”

“哎哟，原来是这样，您也是……”

我们哈哈大笑，距离也一下子拉近了。

真没想到约好见面时间后，她马上买了两本我写的书，而且看完了。相比之下，我就差远了，总想着先见上一面再说，没储备好知识就来了。

聊着聊着，我越发佩服和尊敬这位夫人。

赖肖尔夫人本名松方春，是明治元老松方正义的孙女。她先就读于东京的美国学校，后来又去美国的大学深造。二战结束后，她成了著名的《星期六晚报》的日本代表，在外国记者俱乐部大展拳脚。也多亏了这份工作，她才能结识赖肖尔先生，并与他走进婚姻殿堂。多厉害的人生履历啊。

再看看我，出生在北海道的乡下，好不容易挤进东京的音乐学校，却像私奔似的结了婚，中途辍学成了乐手的妻子。打仗的时候还做过和行商差不多的买卖，才勉强把四个孩子拉扯大。这些我都写在书里了，事到如今想瞒都瞒不住。无论是出身还是教养，我们都是一个在天上一个在地下。

赖肖尔夫人是四十岁才结的婚。因为她正值婚龄的时候，日本还被军国主义思想统治，到处都是不把女人放在眼里的男人。她说，当年找不到一位能让她打心底尊敬、想与之相伴一生的人。

据说，赖肖尔夫人和先生邂逅于外国记者俱乐部的食堂。那天他们刚好挨着坐。其实，夫人早就知道赖肖尔先生这个人。

这是怎么回事呢？原来赖肖尔先生的父亲当过传教士，他的少年时代是在东京度过的，也上过夫人就读的那所美国学校，只是比她高了五届。早在上学的时候，夫人就暗暗喜欢上他了。

两人重逢的时候，赖肖尔先生刚刚痛失卧病多年的妻子。

为了疗伤，他才特意来到留有儿时记忆的日本。

没过多久，他们就坠入爱河，两个月后便结婚了。

多么浪漫的爱情故事啊。而且美丽清纯的赖肖尔夫人也非常适合当这种故事的女主角。

赖肖尔先生辞去驻日大使一职回国后，当时的皇太子与美智子殿下还特意造访了他在波士顿的家。这件事也给赖肖尔夫人留下了非常深刻的印象。

“因为我们没请用人，所以美智子殿下也进厨房帮我一起准备饭菜。我们是以寻常人家招待客人的方式招待殿下的，不过这样好像正合殿下的心意。”

如今,波士顿的那栋房子已经被改造成了“赖肖尔纪念馆”，供游人入内参观。

“波士顿有很多圣心女子大学的校友，大家为美智子殿下办了一场欢迎宴，殿下也特别开心。如今她贵为皇后，恐怕是没办法随随便便出门了。”

赖肖尔夫人的表情有些复杂，仿佛在说，岁月真是改变了许多东西。

“赖肖尔先生走后，您一定很寂寞吧？”

聊着聊着，我们很自然地聊到了这个话题。

“是的，快到他的一周年忌日了。我正想和您聊聊这方面的话题。”

于是，我讲起了孩子他爸突发心肌梗塞过世时的种种事情。

孩子他爸一走，两个人住的房子突然变得空旷，冷冷清清。独居的寂寞立即袭来，几乎让我心碎。

两个未亡人一聊起去世的丈夫，当然会有说不完的话。不过来采访的明明是我，赖肖尔夫人却在谈话中发挥着引导者的作用。不愧是以前的著名记者，让人心服口服。

一旁的昌子是在职记者，工作能力自不必说。只见她一边咔嚓咔嚓地为我们拍照，一边在恰当的时机给我解围。赖肖尔夫人的英语好像比日语说得更好，所以当我们聊到一些比较复杂的话题时，菲尔先生就笑眯眯地调节气氛。

其实，我最想采访的是赖肖尔先生选择安乐死这件事。而且他连葬礼都不办，让家人坐飞机把自己的骨灰撒到海里。

“做决定的是他，我只是尊重他本人的意愿罢了，虽然最后进行判断的是医生……”

据说赖肖尔先生提前跟夫人说好了，要是他的病情恶化到没有办法可想的地步，就不要采取任何延续性命的措施，死后也不要举行徒有形式的葬礼，把骨灰撒入太平洋就好。

如果可行的话，我也想选择安乐死。如果能把遗骨火化，送回我最爱的大海，那该有多好啊。可惜日本的法律禁止骨灰撒向大海，这个愿望也许没办法实现了。

通过赖肖尔夫人讲述这件事的淡然口吻，我反而能想象出赖肖尔先生去世前，他们夫妻俩的关系该有多么和睦。他们的关系也一定是建立在信赖与理解上的。

“每次像这样遥望着窗外的景色，我总会有种丈夫还活着的错觉。”

我也特别能理解这种感受。每次走到院子里，看到孩子他爸精心栽培的花木，我都会觉得他仿佛就在院子里，会情不自禁地环视四周。

夫人还带我们参观了赖肖尔先生的书房。墙上挂着莫奈的作品（据说他生前非常喜欢莫奈），旁边是伊东深水[①]的《蛙》。这幅画也吸引了我的视线。

“是不是有种青蛙马上就要跳起来的感觉？我先生说之所以买这幅画，是觉得画里的青蛙就是他自己。他还看着画说过一句非常深奥的话，‘每个人都应该发挥自身的个性，为世界的自由与和平做点贡献’。”

担任驻日大使期间，赖肖尔先生一直为了改善日美两国的关系而努力。都说现在两国有很多贸易摩擦和经济摩擦之类，要是能有赖肖尔先生这样的人挺身而出，哪儿还会有解决不了

①伊东深水（1898－1972），日本画家，代表作有《闻香》《指》《雪暮》等。

的问题呢。

“现在轮到我了，我必须继承丈夫的事业，因为我觉得这就是他的遗志。”

我也想趁着自己还有一口气，做点能给别人带来欢乐的好事情，于是发起了一项运动：我的故乡是北海道的泷川市，这几年，我一直号召大家去泷川的河岸边种波斯菊。

这项运动的理念在市民中一天天普及开来，听说现在河岸边已经生长着几百万株波斯菊了。

我跟赖肖尔夫人讲起了这件事。她说：“太棒了，我们都要保重身体，继续努力呀！”

暮光中，海面渐渐变成了深蓝色。日本和美国都是赖肖尔夫人的祖国。希望她能继续做日美的友谊之桥，在文坛和讲台上大放异彩。我怀着这样的期许，把心留在了拉荷亚的山丘上，起身告辞。

热那亚的“古董小提琴偷拍计划”

每次和孩子他爸出门旅行，无论目的地是哪里，最让他兴致勃勃的永远是美术馆、博物馆之类的地方。如果能碰上有乐器展的展馆，他会兴奋得两眼放光。

在各式各样的乐器中，最让他心跳加速、走不动路的当然是小提琴。一旦发现小提琴，他就会盯着看上许久，怎么看都看不腻，还把鼻子一直贴在玻璃上，大概是嫌玻璃太碍事了。

他就这么双手背在身后站着，一个劲儿把头往前凑，我都怕他的头会忽然从脖子上掉下来。也多亏了有这样一位丈夫，我和他共同生活的五十五年里，几乎把世界上最顶级的小提琴看了个遍。

说起“名琴”，我最先联想到的就是“斯特拉迪瓦里”这个名字。

斯特拉迪瓦里是一位弦乐器制作大师，在十七世纪后期到十八世纪活跃于意大利的克雷莫纳。他师从当时的弦乐器制作大师阿马蒂，后来制作出了比阿马蒂琴更大，乐声也更响亮的小提琴。渐渐地，他的名字成了名琴的代名词。

据说他一生中制作的小提琴，目前留存于世的还有六百多把。有一部分赫赫有名的作品被冠上了它们曾经的所有者的名字，比如“帕格尼尼”和“维奥蒂”等。每一把名琴背后都有无数浪漫的故事。

斯特拉迪瓦里制作的乐器华丽的音色和丰盈的音量是怎么来的呢？有人说秘密在于刷了两层清漆，以及琴身整体的完美比例，但真正的原因好像直到现在还是个谜。

我倒希望是缪斯女神附在了斯特拉迪瓦里的灵魂上，让他制作出了一把又一把杰作。

听说一把顶级的斯特拉迪瓦里小提琴现在价值数亿日元。正因为高不可攀，它才会成为小提琴家们永恒的向往。

这么多年耳濡目染，我也从孩子他爸那儿学到不少关于小提琴的知识。机会难得，就再让我炫耀一下吧。“瓜奈里”也是与斯特拉迪瓦里琴齐名的名琴。

瓜奈里小提琴不仅有动人的音色，还有一大特征，就是它的音量大到不会被现代大型交响乐团盖过。

由于斯特拉迪瓦里琴的名气太响亮，瓜奈里一直没受到太多的关注。但帕格尼尼的爱琴“大炮”打响了瓜奈里的知名度。进入二十世纪后，瓜奈里琴更是让全世界的著名小提琴家爱不释手。

还有一个关于“大炮”的著名小知识。帕格尼尼国际小提琴大赛的金奖得主是有资格借用这把琴演奏的。太久没被拉过的琴发不出响亮的声音，于是有得奖的人大失所望，心想：“大名鼎鼎的‘大炮’也不过如此。”但也有人说：“哪有的事，稍微多拉一阵子，拉习惯了音效就会变好，果然名不虚传。”大家能围绕一把琴展开这么热烈的讨论，也是因为这把琴是一等一的名琴。

还有一把斯特拉迪瓦里琴叫“弥赛亚”。它也有很多有趣的小故事。

当时有个人叫塔里西奥，喜欢收藏世界各地的名琴。据说他并没有多么富裕，但有一双擅长发现好乐器的慧眼，总能从旧货店和当铺里淘出宝贝来。

此人特别痴迷小提琴，终身未娶，膝下无子。最后，他抱着斯特拉迪瓦里琴死在了破破烂烂的小房子里。

后来，塔里西奥的姐姐决定把他留下的乐器卖给一个叫维奥的乐器商人。一天晚上，维奥走进塔里西奥家一看，好几把斯特拉迪瓦里琴在暗夜中闪闪发光。这场景想象起来还真有几分阴森。“弥赛亚”就是塔里西奥的藏品之一。

本以为弟弟的遗物是一堆破烂乐器，没想到换来的却是一笔巨款。姐姐被这戏剧性的转折搞得莫名其妙，都不知道该怎么办了。

孩子他爸经常给我讲这种和小提琴有关的故事。

一天，我们在热那亚的美术馆亲眼见到了传说中的瓜奈里小提琴“大炮”。孩子他爸还是老样子，就像被人施了定身咒似的，一步都不肯挪。

“这就是那位帕格尼尼拉过的小提琴呀？”

我也盯着它看了一会儿，可是琴又不会自己奏出音乐来。看着看着，我就有些无聊了。

孩子他爸大概是能“听”到它的音色。他已经进入了“无我”的境地，只觉得已经拿起了那把琴，正拉得起劲。

“他爸啊，机会难得，你要不要拍张照片？”

我这个人，一觉得无聊就会动歪脑筋。

“那怎么行，这里不是写着‘禁止拍照’吗？”

孩子他爸是个很守规矩的人，平时就看不惯我不把规矩当回事的态度。可这一次情况不一样，“大炮”就在眼前！只要拍张照带回日本，想看多久就能看多久。如此巨大的诱惑似乎多多少少动摇了我们家这位“死脑筋”的原则。

只要拍一张照片，想什么时候看就能什么时候看，想看多久就能看多久。

“肯定是顾虑闪光灯的问题，我走远点用长焦拍就没关系了。”

孩子他爸还真被我说动了。美术馆有许多展厅，监视的人会时不时过来巡逻一下。

我负责望风。经过一番商量，我若无其事地站在展厅的入口处，人来了就举手给他打信号。

我观察了一下，感觉监视人员一时半会儿不会过来，就做出 OK 的手势，言外之意是：“孩子他爸，胆子大点，多换几个角度慢慢拍。”为了让他顺利拍到照片，我也是帮了不少忙，简直像共犯一般，真是“罪恶背后总有女人的身影”。我这个人就爱冒险，当时别提有多兴奋。

孩子他爸就不一样了。他只是单纯地想留下关于乐器的记录，却在我的教唆下走上了邪恶的道路，慌得满头大汗。要是监视员来批评他，我就挺身而出袒护，说“都是我的错”——我甚至在脑海中勾勒出了这样一个戏剧性的场景。

不过真到了那个份上，我还是跟人家求情吧：“没有人比他更痴迷乐器了，您就原谅他这一回吧。”在美术馆工作的人肯定热爱艺术，一定能理解这种心情。

好在他没有被监视员抓到，顺利拍下了“大炮”。

其实啊，我心里还打着另一个如意算盘。

只要利用这个机会，卖个人情给孩子他爸，下次我再看到漂亮的花儿，想拍照留念，他就不好意思再说“走了走了，那种东西有什么好拍的”。就算我悄悄采上一朵花，或者拿点种子回去，他说不定也会睁一只眼闭一只眼。

怎么说呢，我算是那种雁过拔毛的人，特别会动歪脑筋。亏我还管教了这么多年的孩子。但也许正因为知道自己的人品不怎么样，才会在教育孩子的时候满口大道理，生怕他们也长成这个样子。

万幸的是，我家的孩子没有学我，都走了正道，谢天谢地。

说不定等我离开这个世界后，孩子们会突然回过神来，说：“爸爸还是很老实，很纯真的，但妈妈肚子里的坏主意相当多啊。”的确是这么回事。他们真这么说，也只能认啦。我已经做好思想准备了。

但你们也得让我辩解两句。要我说，世上也再没有人能驾驭头脑顽固的孩子他爸了。

“小黑一直都那么纯真”，“他像孩子一样天真无邪”——朋友们都这么评价他。这话也许没错，可他之所以能保持纯真，也多亏了有我在他背后默默支持。你们也得认可我的功劳吧？

跟孩子他爸抱怨家里没米了，手里没钱了，那也是徒劳。他只会这样回答我：“没有就不吃呗。”“你是想让我挨家挨户去问‘贵府需不需要拉小提琴的’吗？”

果真如此。我心服口服。

孩子他爸都把话说到这个份上了，我总不能等着他给我钱花吧？所以当年我经常带着彻子去当铺。

去的时候，我生怕自己和孩子的魂儿被琳琅满目的商品勾走，总是用最快的速度穿过商店街。但回来的时候我就有底气了，还会问彻子：“你想要什么呀？”当铺的柜台比较高，所以彻子不知道我去那家店里干什么。只是她会问：“那家店是卖什么的？”搞得我有些犯愁，不知该怎么回答才好。

总之，孩子他爸就是这种完全不问俗事的人，所以柴米油盐的事都得由我打点。可他有时候居然还说：“要是我也能像你那样，大摇大摆地过日子就太幸福了。”如此无忧无虑，也真够厉害的。

自从我们搬去镰仓，孩子他爸的身子就一天不如一天。他本来就有老年肺气肿，心绞痛的症状也一点点严重起来。但是直到最后，他对小提琴的爱都没有变过。一得空，他就盘腿坐在床上，用满是怜爱的眼神端详小提琴，拿起鞣过的柔软的小羊皮仔仔细细地擦拭。

他擦小提琴时的表情别提多专注了。这也许就是无我的境地，或者说进入了某种恍惚的状态，反正没给我们留下任何插足的缝隙。我都有点忌妒的感觉。

从去世前一年多开始，他就很少出门了。但是有一天，他忽然撂下一句：“我出去一趟。”什么也没交代就出门去了。那天很热。我还记得他穿了白色的衣服和白色的鞋子。

直到傍晚，他才回到家里。“孩子他妈，我回来了。”刚说完这句话，他就瘫坐在玄关口，脸上显然有些疲惫，但更多的是难以名状的兴奋。

后来我才知道，那天他去了东京的池袋，因为有百货商店在举办小提琴的“世界名琴展”。

要是他提前跟我说清去处，我肯定会劝他别去，所以他才要瞒着我出门。

换作平时，他无论走到哪里都要我陪着的。即便这样，他也无法抗拒小提琴的诱惑。

我好久没见到他露出那么满足的表情了，没想到那竟然成了最后一次。

孩子他爸是因为心肌梗塞去世的。真的是一眨眼的工夫，他就去了天堂。

他被救护车送去医院，抢救了一个半小时。最后，我抱着他的头，而他用双手抓着我问："孩子他妈，我会死吗？"这成了他跟我说的最后一句话。

贝多芬的临终遗言多么潇洒——"喜剧结束了，该落幕了。"可孩子他爸直到最后都是一副撒娇的孩子模样。

彻子常说："世上再也没有比妈妈更幸福的女人了。有一群孝顺的孩子陪着，还有那么多好朋友。最重要的是，爸爸生前是那么爱你呀。"也许还真是这么回事。

毕竟，唯一能让我忌妒的就是小提琴了。

在多伦多的酒店动手做“杂烩粥”

在多伦多小住的时候，朋友打电话给我通风报信说：“从早上十点开始，某某酒店旁边的小巷子里有车库大甩卖。”这可不得了，我顿时兴奋起来。

“车库大甩卖”是在外国生活的一大乐趣。日本的义卖会太无聊了，净是过年收到的肥皂礼盒和茶叶礼盒之类。但外国的车库大甩卖就不一样了，有趣的宝贝都藏在那一堆堆马上就要扔进垃圾桶的破烂里。

最吸引人的当然是商品的价格。我这人，大概是天生的小气鬼，偏不喜欢崭新的闪闪发亮的东西。而且我总是丢三落四，还动不动就把东西搞坏。如果是便宜货，丢了坏了也不心疼。要是有人夸，我还会大方地把那个东西送给人家。

人家又不知道我送的是二手货，肯定会格外不好意思，说不定回头还要给我回礼……要是能像这样用虾米钓上大鱼，那就赚大了。

那天，我也把小巷里的摊位逛了个遍，买了几个小饰品、糖果盒之类的小玩意儿。逛完后，我又去周边散了个步。走着走着，我看到一位很有意思的老婆婆。她戴着红帽子，穿着红袜子，细细的小腿迈着小碎步。

每次出国我都有深深的体会，大家都不太在乎别人的看法，穿得自由随性。这肯定和他们的生活方式有共通之处。

我平时总觉得已经穿得很随意了，可是一看到这样的老婆婆，我便痛感修行还不够。

不久，天空飘起了小雨。我连忙回到酒店。

出国的时候难免要住酒店，但我不喜欢那种高楼大厦里的酒店，专挑小巧雅致、古色古香的旅馆，因为我觉得后者住起来更自在些。

坐着坐着，我感觉房间里越来越冷，就把卧室的毯子扒下来，学着古人的样子给自己裹上了披肩。

要不把暖气打开吧。我试着掰了掰喷嘴，暖气机却一点动静都没有。

到了早上，台灯又给我惹出了麻烦。放在床头柜上的台灯怎么都不亮。我把其他灯的灯泡拆下来装上试试，它还是不亮。

插线板也摇过和敲过，都不起一点作用。没有台灯可怎么看书啊。我心想，老旅馆就是这一点不好。

我实在没办法，只能打电话给前台说：“台灯不亮了，麻烦过来看一下。”工作人员回答：“马上派人去。”可我等了足足一个小时也没等到人。

打第二通电话的时候，我稍稍加强了语气，好让对方意识到我生气了。“已经过去一个小时了，要是到晚上还不解决，我就没法打电话，也没法看书了。快派人来啊！”

遇到这种情况，说些语法支离破碎的英语可能更有作用。“我们立刻派人过去！”我都能听出前台有点慌了。不到五分钟，一位加拿大大叔就赶了过来。

他手上还捧着装有电灯泡的盒子。我琢磨起来：又不是灯泡的问题，他准备怎么修呢？我抱着刁难人家的心态在一边看。只见他换上新的电灯泡，但很快发现问题并不是出在灯泡上，于是又开始用力摇插线板。

真不巧，那一招我也试过了。

就在这时，大叔挪开床，钻进了床和墙壁之间的缝隙。我在隔壁房间等着。不一会儿，红色的台灯就亮了。

起初我还觉得人家靠不住，怀疑他的水平呢，专业的维修师傅就是不一样。

“多谢多谢，帮了我大忙。”我跟大叔道了谢，顺便问道：“这间屋子好冷啊，你能帮我检查一下暖气机吗？”

他一口答应。只见他先检查了一下窗帘后面的窗子，看看有没有关好，然后试了试暖气机，把冷风关了，再打开暖风的开关，说：“这样就行了，过会儿就暖和了。”

大叔走后，暖气机还是一点动静都没有。它真的在工作吗？我搬了把椅子过去，站在椅子上，把手举到出风口试了试，却连一点微风都没感觉到。

台灯不亮，肯定是因为总开关松了。大叔认定我什么也不懂，装出一副是他把灯修好了的样子。

还好当时是五月，没暖气也不会出大问题。要是冬天可怎么办呢。

在我的故乡北海道，暖炉是一年到头都不收起来的，一般九月初就要点起来。碰上特别冷的夏天，六月就开火取暖。

大家都觉得北海道肯定特别冷，但北海道人早就养成了相应的生活习惯，从小到大都没挨过冻。所以取暖设备一出问题，我们反而特别不扛冻。

这和现代人的不中用也有异曲同工之处。现代人都习惯了便利的生活，当然无法适应严苛的自然条件。

住在外国的旅馆，连吃饭都需要动一番脑筋。

懒得去餐厅的时候，当然可以叫客房服务，但房间里有冰箱，采购各种食材回来，自己做饭吃也是个不错的法子。

加了好多木鱼花的酱油味杂烩粥，白米饭配美味的咸菜，再烤条鲑鱼……快吃腻旅馆的饭菜和外面餐厅的饭食的时候，会觉得这种东西特别好吃，尝上一口就高兴得要掉眼泪。

一位住在多伦多的朋友特意借了一口“拉面锅”给我，说连白煮蛋都能做。那是个小电锅，装在一个可爱的袋子里，无论是味噌杂烩粥还是白米粥、拉面都能煮，再也没有比这更贴心的慰问品了。

去外国住两天，还能切身体会到吃食的可贵。

我这人是一点都不怕粗茶淡饭的。真有人把山珍海味摆在面前，说“快请用，快请用”，我反而很难受。偶尔吃顿好的当然不错，但平时只要有水果，再稍微配点小零食，我便会觉得很幸福。我就是这样一个好养活的人。

在日本的时候，我也是早上最多吃一片奶酪，中午稍微吃点肉和蔬菜，晚上则是一碗米饭，加上味噌汤和鱼。这就是我一整天吃的东西。这个习惯可能和我儿时的饮食有关。

小时候，我住在一个叫泷川的地方。在当年吃过的许许多多东西里，最让我印象深刻的味道是“刚摘下来的番茄配上许多白糖”。因为当时常有人把新鲜的番茄放在我家门口，早上起床一开门就能看见。

我的父亲是医生，付不起诊疗费的人家会送来番茄、苹果、鲜花之类的表达心意。父亲在这方面也随便得很，搞不清是谁送来的也无所谓。

但我们收到的番茄和苹果都是刚摘下来的，格外新鲜。再加上当年也没有化肥可用，那才叫真真正正的有机蔬果。现在花再多的钱都很难买到这么天然的东西了。味道当然也是好得没话说。

我们全家都特别爱吃甜食，所以每次收到番茄，都倒上满满一碟子白糖，用番茄蘸着吃，吃多少都不腻。

我小时候一天到晚吃这种东西，都不怎么吃正餐。

为什么医生家的孩子会偏食成这样？因为家里的人实在太多了。护士啦，进进出出的病患家属啦……家里的厨房总会备一些米饭和小菜，方便大家随时拿着吃。于是谁吃了饭，谁又没吃饭都成了一笔糊涂账。

要是有人问："你吃饭了没有？"只要"嗯"上一声，这事就算过去了。

有零食的时候，我就把零食当饭吃。饮食习惯如此糟糕，却没得糖尿病之类的毛病，不得不感叹人的身体还是挺顽强。

言归正传。一拿到拉面锅，我就跃跃欲试，一大早便做出了一锅热腾腾的味噌杂烩粥，让人满心幸福。

最关键的是有了它，我就不用出去吃饭了，也不用纠结今天该去哪儿、该吃什么，更不用打车去唐人街，花四十美元吃一碗一点都不好吃的拉面。

我决定放弃暖气，用毛毯把身子裹住，好好享受不会被电视和广播打扰的多伦多长夜。

离家在外，才更能体会到自己家的好处。在家的时候，觉得很多事情都是理所当然的，出门了才能体会到它们的可贵。所以出门在外也给我们提供了感恩的机会。

所以啊，人还是得时不时出趟远门。

小秘密——“都是便秘惹的祸”

我这个人经常便秘，而且症状算是相当严重的。

不吃泻药，就绝对解不下来，虽然医生总说，你越是这么想，身体的自然机理就越受影响。我也尝试过大家推荐的各种通便方法，可是一点效果都没有。

唯一指望得上的就只有泻药了。

十多年前，我查出有肠道息肉，做了手术。刚做完手术那会儿“状态”特别好，每天都能去厕所报到。我已经太久太久没有每天规律地上过厕所了，都不记得还有这种习惯，竟不由得感叹：别人每天都要去厕所蹲半天，还真是不容易。要是把这些时间省下来，肯定能干不少事儿。

刚做完手术的那一年半，状态还是很不错的。谁知两年一过，就慢慢变回了老样子。“老朋友”便秘又找上门了。

起初是两天解一次。后来发展到如果不吃泻药，一星期、十来天也没动静的地步。一听到我诉苦，大家都很惊讶地问：

“你不会觉得头疼吗？”

“你不觉得肚子里难受吗？”

他们说的感觉我一点都没有，连自己都觉得不可思议，可这压根儿不是什么值得骄傲的事。因为“没感觉”就放任不管，不知道什么时候会忽然演变成大问题，我得在问题爆发之前采取措施。

出门在外的时候，我也得花不少心思做这方面的“调整”。这次也一样，在美国上飞机之前，我先去蹲了一趟厕所。

回到日本，做的第一件事也是“吃泻药”，先把在外国吃的东西都排干净。说好听点，就是给身体办出入境手续。

我的小儿子在航空公司工作，家住成田。所以我每次回国都先去他家小住，缓解旅途的疲劳。可这一次我犯了个小错误，把泻药装进了直接寄回家的行李。得赶紧回家，把美国带来的那些东西处理掉啊……一想到这儿，我就坐也不是站也不是，连儿子他们都起疑心了。

回到家吃完药，这才松了口气。问题是，吃过药后更得时刻小心。自然而然产生的便意还能稍微忍忍，有足够的时间找厕所，吃药催出来的可等不了。这种便意是没有任何预兆的，说来就来，而且来势汹汹，毫不留情，一点都大意不得。

要是把吃过药这件事忘得一干二净，开车出门兜风，或是碰巧出门买东西，就大事不妙喽。

君子不立危墙之下——吃过药的第二天，我会尽量待在家里，连附近的地方都不去。这种时候接待客人也不方便，有人要来访，我也只能委婉地推掉。

我有好几位同病相怜的朋友。每每交流起“奋战”的趣事，我们都会笑得前仰后合，眼泪都要笑出来了。

一位病友说，有一次她吃了点泻药，第二天早上，就解出了一段看上去非常健康的大便。

她实在太开心了，兴奋到忘记冲水。我很理解这种心情。问题是后来她的先生进了厕所，惊呼道：

“喂，喂，好像有人忘了根棍子在这儿！”

听到这话，朋友羞红了脸，连忙过去冲马桶。听说那条大便真的是又粗又直。

可惜靠泻药解下来的大便的形状，一般都和大津绘[①]里的雷神敲的太鼓差不多。

再给大家分享一下另一位病友的遭遇。一天，她穿了条平时不舍得穿的高档连衣裙，来到一家百货店买东西。

---

①江户时代的简笔佛画。

“当然，我一到店里就先把厕所找好了，而且只逛离厕所不远的地方。”

我们这些经常闹便秘的人都是这样，不先把地方找好，保证便意来袭时能立刻冲进厕所，就没法安安心心买东西。逛着逛着，感觉来了，朋友当然是立刻冲进厕所。她是个挺时髦的人，那天穿了一条带着好多蕾丝的内裤。不幸的是，她上厕所的时候没发现内裤垂到了马桶里。这下可好，后半截全弄脏了。

内裤是没救了，只能脱下来扔掉。她哭丧着脸，用厕纸一遍遍擦衬裙和连衣裙上的污渍，再把用过的纸扔进马桶。谁知大量的厕纸又把马桶堵住了，水溢出来，把她的鞋袜也打湿了。

“哇，这个厕所坏了！”

她一边嚷嚷一边往外冲。裙子上的污渍当然要擦掉，更要命的是新一轮的便意又来了，肚子一阵阵地疼。她只能跑到相邻的楼层，冲进那里的厕所，先静下心来解决肚子的问题，再小心翼翼地攒出一缸干净的水，把裙角洗好绞干，然后急急忙忙赶回家去。

“别提了，急得我脸都白了。那感觉就跟被警察追捕的罪犯一样，太可怕了。而且我一路上都没穿内裤。”

光是想象平日里优雅斯文的她在厕所的小隔间孤军奋战的样子就够震惊的了，又有谁能想到她是在没穿内裤的状态下回家的呢？听完她的讲述，我们一个个笑得合不上嘴。

下面轮到我分享这方面的光辉事迹了。

“嗯……因为这个闹出的笑话还真不少，那就讲讲美国那一次吧。”

大家顿时来了兴致，纷纷探出身子听。

“有一次啊，我忘记了自己前一天吃了泻药，还出门逛街去了……”

当时我借宿在洛杉矶的平冈家。在离家七八分钟路程的地方，有一家叫“救世军”的古董店，我早就想去逛一逛了。

一推开店门，我就产生了误入宝山的错觉。店里摆着一个硕大的塑料袋，掏出里头的东西一看，原来都是手套。有参加婚礼戴的那种到手肘的手套，有黑色的鞣皮手套，长的短的一应俱全。至于开司米的、针织的和尼龙的，颜色就更丰富了，橙的、紫的、灰的、蓝的、褐的……从原色到中间色应有尽有，就跟打翻了颜料盒似的，极其壮观。

我拿了一副试着戴上，尺寸居然刚刚好。要买哪几副回去呢？我兴奋得心怦怦跳。

因为孩子他爸是拉小提琴的，平时特别注意保护手指，对手套这东西十分讲究，所以我也耳濡目染，自以为还比较了解手套的挑选技巧。我试戴了几副，犹豫了好一会儿。

除了手套，店里还有我最喜欢的老式圆头高跟鞋，看得我心痒痒。还有好多帽子，有适合星期天戴着去教堂的，也有那种一本正经的带面纱的帽子……价格都是五十美分、一美元，最贵也不过二三十美元，可以放开胆子买。

可就在我左挑右看的时候，“那种感觉”来了。啊啊，事态一瞬间变得十万火急！

“麻烦结一下账。”

我把一堆东西抱在怀里拿到收银台，用最快的语速说道。不知道为什么，我还不自觉地压低了嗓音。

“请问，我能不能借用一下店里的厕所？”

“这里没有厕所。”

“那大家都去哪里上厕所？”

可不是嘛，店员也是有生理需求的。

“隔壁的墨西哥餐厅很好，会借厕所给我们用。”

早说啊……我心想。

“我去去就来，你先帮我把总价算出来吧。”

谁知我快步走到隔壁的餐厅一看，门口竟挂着“今日休业”的牌子。啊啊，完蛋了，只能跑回去。什么婚礼手套，什么带面纱的帽子，统统都顾不上了。紧急事态当前，当然要拼命往家跑，这也是唯一的法子。可是这一跑，肠子就受到了刺激，感觉也更强烈了。

啊啊，撑不住了，可能撑不到平冈家了。可这里是住宅区，我总不能随便闯进别人家的院子。就算撑到了平冈家，也来不及跑进屋上厕所了。事已至此，只能在院里找个角落，或是找棵树解决问题。

慢着，只要天气好，住在隔壁的美国大叔整天都在外面打理花草果树。要是他看见一个日本人蹲在外面解决内急，还把这件事传开了，那丢的就不是我一个人面子，还会给日本这个国家抹黑。

只要能冲进平冈家的房门，出再大的丑都不怕了。

“雅子、雅子，快帮我把厕所的门打开！”

我大吼着冲回家。一进厕所，绷紧的弦就放松了，整个人顿时瘫坐下来，满头大汗，急得小命都快没了。

“千钧一发”说的就是这种情况吧。这个故事成了我的保留节目，无论说几次，大家都会笑出眼泪来。我的奋斗史就是这么精彩，围绕这个话题写一本书都没问题。

但我也不是每次出远门都会便秘。有一次，我独自去柏林看望儿子。那段时间上厕所特别规律，每天都能顺利解决，简直跟奇迹一样。

是因为柏林的纬度跟北海道一样，还是因为那边的土豆特别好吃呢？我后来又跟孩子他爸一起去了柏林，却一点都解不下来。我把这件事告诉孩子他爸，反倒被他吼了一通：“你的意思是，你会便秘都是我害的喽？”

我当时却想，成天和急脾气的孩子他爸，还有孩子们待在一起，说不定就是我便秘的原因。

不过，孩子他爸已经不在了，孩子们一个接一个离开家独立，我也过上了自由自在的独居生活，便秘却没有改善。这么看来，还真怪不得别人。

只是和便秘打交道的时间久了，最近不怎么闹笑话了而已。

海苔饭团与德国之旅

去欧洲进修小提琴的儿子来信说，他要以独奏者的身份登上音乐会的舞台了。演奏的曲目是指挥家魏因加特纳先生用巴赫的《三架钢琴协奏曲》改编的《三把小提琴协奏曲》。

儿子最开始去的是维也纳附近的林茨，然后又去了柏林的音乐学校，后来考上了科隆的室内管弦乐团。这件事应该发生在他入团的两三年后。

消息一来，家里就炸开了锅。

我打定主意要去看看，可孩子他爸说："家里又没钱，你要怎么去？"

"孩子他妈胆子特别大，真吓人。"孩子他爸经常这么说我。有时候，他看我的眼神就像看满肚子坏主意的大恶人。

我不是不知道，有本事做到"夫妻俩一起去欧洲听儿子的音乐会”的人不是富豪，就是属于另一个阶层。我也不是没想过，我们并没有那么高贵的身份。

可我心里有一种更强烈的念头：这样的机会或许再也不会有了，哪能眼睁睁地错过。

“孩子他爸既是纪明的父亲，又是最懂他音乐的人。照理说，他一个人去听是最合适的，可我要是不跟着，他绝对不肯动呀……”

我连忙打电话咨询旅行社，看看有没有出发日期临近音乐会，价格又比较便宜的德国旅行团。

日期合适的团是有的，可那是以“遍览城堡、鲜花与湖景”为主题的豪华团，一去就是五个星期。

家里哪有那么多钱，根本去不起。孩子他爸心里还是没底。但我是这么跟他说的：“不是都说有志者事竟成嘛。”

家里让母亲和保姆阿峰帮着照顾一下，先把一个人的旅费凑出来，另一个人的旅费分期付款，按揭二十个月。我的计划就是这样。

其实除了钱的问题，我还担心孩子他爸去听音乐会，会不会给纪明造成太大的压力。

他从小接受父亲的严格指导，虽然没动过放弃拉琴的念头，但始终觉得“我永远都赶不上爸爸，没有爸爸那样的天赋”。

一千个观众没啥好怕的，可一个爸爸往底下一坐，就很吓人了，这一点我比谁都清楚。一想到爸爸在下面听，纪明也许会很紧张，那就太可怜了。

但我还是希望纪明能把这次演出当成对爸爸尽一份孝心，咬紧牙关坚持住。孩子他爸在战争期间上了战场，还在西伯利亚当过俘虏，受了许多苦。我觉得他应该享受一下。

而且我也觉得，能在古典乐的大本营被委以独奏的重任，说明纪明的水平还是可以的。

旅行团总共有三十五个人参加，大部分是作俳句的女俳人，以中村汀女女士为首。跟着她们一起走，我格外放心。

我们都想好了，到欧洲的第一个星期跟着团友们四处观光，到了科隆便离团自由活动，和儿子一起待上十多天，最后再去法兰克福和团队会合。其间当然少不了去看纪明的演奏会。

能见到阔别三年的儿子，我心里当然高兴，但也担心相互之间会不会有些难为情。

陪伴孩子他爸那么多年，我深知乐手在演奏会前总是特别紧张，所以我们没去儿子家住，而是在酒店订了房间，准备演出结束后再去后台见他。

演奏会的会场是一间很大的音乐厅，看起来像古老的博物馆一样。开演时间是傍晚七点左右。

我看了看纪明给我们的节目单，发现他的名字旁边写着“TOKYO”（东京）。这是为了标明他的籍贯吗？我看着那串英文，只觉得又新鲜又骄傲。

孩子演出的时候（无论演出的是彻子还是另外几个孩子），我不喜欢仗着母亲的身份让他们留出靠前的位置，或是故意出风头，到现在也是如此。

我尽量在别人注意不到的地方悄悄看演出，演出结束后就默默回去，这是我的一贯风格。但纪明那次例外。我带了一身漂亮的元禄袖和服过去，上面印着硕大的花朵图案。虽然有点过于艳丽，但还是决定穿着它去。

偌大的会场里，只有我和孩子他爸是日本观众。室内乐团里也只有纪明这一个日本团员。这如果不算特例，还像话吗！我们要听的不是交响乐，而是室内乐，在室内乐团独奏并没有多么了不起，可是做父母的看到儿子能有这样的成绩也很欣慰。

正忐忑不安的时候，开演铃响了。纪明说，乐团经理得知他的父母从日本飞过来，特意安排了最好的位置，在第一排的正中间。看到那两个座位，我想，穿和服来真是太明智了。

在外国，晚上去听音乐会一定要穿正装，而和服是民族服装，当正装参加活动一点问题都没有。

和服就是这么方便。直到现在，我每次出国还会塞一身和服在箱底备用。在日本的时候，我倒是很少穿和服。

几首室内乐过后，终于轮到纪明上场独奏。我的心跳得跟打鼓似的，全身僵硬得好像一根棍子，唯一能做的就是盯着舞台看。

伴随着响亮的掌声，儿子登上了舞台。他脸色发青，大概是太紧张了。我转头看看身边的孩子他爸，他的脸色比儿子的更苍白。

第一乐章结束后，孩子他爸用大拇指和食指在我眼前做了个“OK”的手势。儿子脸上仿佛也多了几分血色。

孩子他爸的手势肯定是做给纪明看的，意思是“真棒”。只是我当时没察觉到罢了。

儿子的身体好像也放松了不少。爸爸的一个“真棒”能给纪明带来多大的鼓励，没有人比我更清楚。

孩子他爸没上过音乐学校，却靠自己的本事当上了NHK交响乐团的首席，还担任过小提琴大赛的常规评委。他严于律己，对儿子也很严格，所以我才咬牙让纪明出国留学，拉开他和爸爸的距离。从结果看，我觉得自己的决定还是很英明的。

孩子他爸和纪明之间还发生过这么一件事。

有一次，纪明准备出门，正站在玄关口擦鞋。见状，孩子他爸忽然吼道：“穿着沾满泥水的鞋子出门又怎么了？有工夫擦鞋，还不如去练琴！”

纪明是个温柔的好孩子，平时从来不顶嘴，可那一回他气得扔下手上的鞋，换上另一双鞋冲出了家门，去朋友家住了两三天才回来。这大概是他对父亲的管教做出的微弱的反抗。

我一边听儿子的演奏，一边想起了这些往事，眼泪夺眶而出。孩子他爸恐怕早把这些事忘得一干二净了。他的脑子里只有小提琴，总会不自觉地给人压力，伤到别人，但他其实是没有恶意的。

我建议儿子出国留学，也不单单是希望他的琴技能有长进。只要他在外面无拘无束地成长，带着收获回来，我就满足了。希望在外国独自生活的经历，能让他切身体会到故乡的好，重新审视自己的家人。

在纪明出国前，我经常跟孩子他爸说：

“要活下去，又不是只有拉小提琴这一条路好走，你何必让孩子这么辛苦呢？他肯定也有自己想做的事情。”

可孩子他爸总是这么回答我：

“身为父亲，我没法给他留下任何遗产，那至少要好好培养他，让他能靠拉小提琴的手艺养活自己。”

“我知道你是爱他的，这么做都是为了他好，可你之所以选这个方法，说到底还是因为你自己喜欢小提琴，不是吗？这样逼纪明，只会让他痛苦。而且上天也许并没有给他拉小提琴的天赋……”

“没有天赋也要练。”

“那你是要让他当个拉琴匠吗？”

“没错！”

在我们夫妻之间，这样的对话不知道有过多少回。

演奏在雷鸣般的掌声中结束了。那时我发自内心地觉得，孩子他爸的做法和我选择的方法都没错。

从第二天开始，我们就安安心心地在纪明的带领下开始游览科隆这座城市。

眼前的一切都让人感受到欧洲历史文化的厚重。我们岂止是深受震撼，简直有种透不过气的感觉。这也让我不由得感叹，在美国旅行时会有自由自在的感觉，是因为那个国家还很年轻呀。

说起科隆，当然得提一提家喻户晓的科隆大教堂。教堂四周的彩色玻璃美轮美奂。听说它从开工到完工足足花了六百多年。找遍全欧洲，恐怕都找不到第二座如此壮观的教堂。难怪二战爆发后，当地人立刻把大教堂的彩色玻璃卸了下来，送到乡下避难去了。

不过，就算敌人的轰炸机飞来，大概也没有勇气往这座大教堂扔炸弹。

我们还逛了科隆的公园。长椅上坐满了晒太阳的人。据说德国一年到头都没有几个大晴天，所以天气好的时候，不用上班的人和老年人都会出门走走。

话说，有人送过我科隆香水和肥皂组成的礼品套装，其中有一款香水叫“4711 科隆香水”。它就是在科隆制造的。

“Cologne”是“Köln”的美式念法。以前我经常用一种能让皮肤变得光滑的“丝瓜科隆化妆水”，敢情这个名字的由来是科隆这座城市。肯定是清净凉爽的空气和纯净的莱茵河水孕育出了让皮肤细腻光滑的化妆水。

莱茵河是德国人的“父亲河”。我们坐船顺流而下。船票非常紧俏，不提前买是抢不到的，好在儿子都帮我们安排好了。

这趟水上之旅总共两个多小时。船刚开起来的时候，两岸的风光还很美丽，可是开了一会儿，河面就突然变窄，两侧的岩壁简直要朝我们压过来。

这就是著名的罗累莱[①]传说诞生的地方。右手边的高地上有座城堡。据说会有美女从城堡里出来，用曼妙的歌声引诱旅行者。

船容易在这里遇难，不仅仅是地形的问题，还有美女作祟

①德国民间文学中的女妖。

的缘故——这么一想还真是富有浪漫色彩。

现在回过头想想，那真是一趟美妙之极的亲子旅行。可惜我当时没有意识到，这样的幸福再也不会有第二次了。因为我太傻了，满脑子都想着“回去还有一大笔旅费要还”。

不过孩子他爸去世后，我经常回忆起那次旅行。而且每次回想起来，我都庆幸自己做出了砸锅卖铁也要前往的决定。“无论什么事情，都要趁着还能做的时候先做”——这件事也让我发现，我的人生哲学好像也没有那么糟糕。

德国之旅还剩下最后一项日程，那就是去法兰克福和团友们会合，一起坐车游览余下的景点。

我想到了一个好点子：做些饭团带去给大家吃吧。汀女老师和她的朋友们都上了年纪，来德国也快二十天了，应该正是最想念“家乡味道”的时候。

当天早上，我四点就起床了。材料不用愁，因为我给儿子带来了好多东西，有梅干、木鱼花、海苔……能塞多少就往箱子里塞多少。

现在无论走到哪个国家，都不至于买不到日本菜的食材，可是在二十六七年前的欧洲，想在街上找到日本菜比登天还难。

我做了八十多个海苔饭团，有梅干味、木鱼花味和佃煮[①]味

---

①在小鱼和贝类、海藻等食材中加入酱油、调味酱、糖等一起炖出来的食物。

的，又用锡纸另外包了一些佃煮和咸菜，好容易赶在出发前准备好了四十人份的便当。还带了三个装满日本茶的保温瓶，以及数量足够多的纸杯。

一上车，我就开始发便当，一人一份。大家打开包裹一看，顿时发出了少女般的欢呼。

看到大家那么开心，早起准备饭菜的辛苦都烟消云散了，只觉得“我准备这些便当真是太聪明了”。

回国后，团友们给我写了很多信。

“你的饭团仿佛是沙漠中的绿洲。”“‘满垒全垒打’说的就是这种好点子呀。”……我收到了许许多多让人惶恐的赞美，不禁得意扬扬。

这次德国之旅从头到尾都叫人如此惬意。

永别了，柏林墙

我去西德的西柏林，正好是儿子在柏林的音乐学校深造的时候。之所以去那里，也是因为我一直想亲眼看看他过着怎样的生活。

当时家里没有多少闲钱，但是“想去的时候砸锅卖铁也要去”是我一贯的主张（说得再简单点可能就是“任性”），所以我们还是去了柏林。

能见到阔别已久的儿子，我高兴极了。孩子他爸也特别开心，因为去了欧洲，就能听到高水平的音乐，这也是千载难逢的好机会。

我们没多少零花钱可用，不至于被购物分心，反而能静下心来慢慢品味旅行的乐趣。

在柏林市内散步时，我发现了一家丧葬用品店。站在店外，能看见店里摆着好多漂亮的箱子，像大号的珠宝箱似的，大概是给去世的孩子用的棺材吧。箱子里铺着色泽绝美的天鹅绒，特别好看。每次路过这家店的门口，我都会停下脚步，看得出神。

见我杵在那里不动，路人总会皱着眉头打量我。就算我对他们微微一笑，他们也不会笑一下，反而露出更阴郁的表情。他们肯定觉得我这种行为挺吓人的。

也难怪，要是日本也有这样的店，店里放着好多口棺材，一个外国人还总站在门口看，我大概也会瘆得慌，琢磨这个人到底在想什么。

可是在我眼里，比起日本人用的那种四四方方的白木棺材，在柏林看到的铺着午夜蓝天鹅绒的箱子更有魔法盒的感觉，更能激发我的想象力。

一天早上，我跟儿子一起出门。明明才九点多，可我发现路边有个看上去像酒吧的地方非常热闹，里头有唱歌的，有嬉戏打闹的，欢快的声音都传到外面来了。

我顿时来了兴致，对儿子说：

“那地方看上去很有意思，要不要进去看看呢？人家一定很欢迎我们。”

儿子却是一脸不乐意。

“我最讨厌那种场面了。那群人肯定从昨晚开始喝酒，闹到现在还没完。”

瞧他那样子，别说是店里的人了，连对那种地方表现出兴趣的我都让他无奈。我也觉得自己刚才太轻率了，就吐了吐舌头，尴尬地笑了笑。

我会有这样的反应，也是因为当时的柏林街头特别煞风景。

年轻人都去别处打工赚钱了，在街上走动的都是老人家。到了傍晚，的确会有人出门采购，但拎回来的购物篮里也没装多少东西。听说德国人一顿饭要吃好多土豆，可路人的篮子里能有五六个土豆就算不错了，我都没看见过有人买肉，可能是因为店里也没有肉卖吧。

儿子租的公寓的房东阿姨平时都是一个人住。听说她的家人都在东德，她当年是碰巧来西德这边探望生病的外婆，谁知道才一晚上的工夫，那堵墙就冒出来了，害得她回不到家人身边。

儿子说房东阿姨的精神有点问题，从早到晚嘴里念念有词，还会突然发出怪声，或是哈哈大笑，看上去很可怜。

大战过后，难免会发生一些本来不可能发生的事，还有靠个人的力量无法扭转的事情。

当年孩子他爸被招去当兵，我也曾带着四个孩子一筹莫展，有时甚至要为“今天吃什么”犯愁。好在他平平安安地回来了，我和孩子们也没有四散分离。要是总也见不到家人，连他们是生是死都不知道，我肯定会发狂的。

可惜在柏林的时候，我们没能见到房东阿姨，但她的遭遇着实可怜，让人牵挂。

柏林好像有很多天主教徒。在耶稣基督受难的圣周五，很多人是不吃肉的，所以肯尼迪广场经常有鱼市。日本人都爱吃鱼，住在柏林的日本人常常盼着鱼市开市的日子快点到来，瞅准这一天出门。

当然，我也去逛了鱼市。价格实惠不说，种类也相当丰富，有些鱼产自莱茵河流域，有些可能是在更靠北的地方捕的。我买了好多好多鱼。吃腻了的鱼就撒点盐晒成鱼干，或者腌成咸鱼存起来。也许是因为柏林和我的故乡北海道的纬度比较接近，感觉这边鱼的品种也跟北海道的有点像，看着让人开心。

鱼市还有卖鳗鱼的。有些人喜欢吃蒲烧鳗鱼，但我不太喜欢这种做法，就把鳗鱼切成段红烧。这道菜居然得到了大家的一致好评。我心想，既然做法简单，味道也不错，那回日本之后也做做看。可是直到现在还没动手。

菜这个东西也很讲究在哪里吃。在柏林觉得美味可口的东西，在日本做了也许就不一定好吃了。

在柏林小住期间，我特别想吃米糠酱菜。

我去的时候是三十年前，那会儿找遍全城都找不到日本食材。于是我只能买一堆德国的黑面包回去，撕成碎片，往上面浇了许多啤酒，做了一缸简易的米糠酱，再把黄瓜和卷心菜之类的腌进去。没想到这样做出来的酱菜还挺好吃。

说起“德国的酱菜”，最有名的当然是德国酸菜，我也很爱吃。但一日三餐里还是得有一顿米糠酱菜，否则整个人都提不起精神。这么看来，我还真是个彻头彻尾的日本人，让人一点办法都没有。

我从小住在乡下，是那种喜爱酱菜胜过一切美食的人。无论去哪个国家，到达住处后的第一件事都是着手准备腌菜。

找个略大的盆子，调一盆浓一点的盐水，放五六片橄榄叶进去，再加入一小酒盅那么多的醋，最后把卷心菜、黄瓜和手头现成的其他蔬菜切成大块腌进去，就大功告成了。如果是早上腌的，晚上就能吃。多腌几天会更入味，更好吃，特别适合当乡下风格的茶点。就算没有别的小菜，也吃得下饭。

当时住在柏林的日本人都说，只要去汉堡，就能买到日本食材，我惦记着要是有机会去逛一下就好了。后来一打听才知道，日本食材在那边卖得特别贵，一盒纳豆居然要两百日元。我还记得当时听到这个价钱的时候都吓傻了，心想，谁会为了一盒纳豆花这么多钱。

有一天，我去参观了传说中的柏林墙。

那儿每个地势较高的地方都有表情严肃的士兵持枪守卫。他们脚下其实就通着地铁。墙上还挂着黑色花环，散发着不祥的气息。我不禁问了问那是什么。原来花环悼念的是那些想从东边逃过来，却在中途被射杀的人。

造出这样一堵可怕的墙，像区分货物一样，把体内流淌着同样血液的同胞硬生生地分开。这本就是要遭报应的行为，做这种事的人心里显然没有对上帝的敬畏。所以我当时感慨，这样的墙不可能一直留存下去，它总有一天会被推倒的。

一九八九年十一月，当时我正住在旧金山。突然有一天，传来了柏林墙被拆除的消息。

我在电视上看到了东西两侧的音乐家共聚一堂，演奏贝多芬第九交响曲“欢乐颂”的场面，只觉得浑身都起了鸡皮疙瘩，欢喜得直发抖。我目不转睛地盯着电视屏幕，跟喝醉酒了似的大声歌唱，还唱起了我即兴创作的“欢乐颂”。

和平来了

自由来了

感谢上帝

还要感谢戈尔巴乔夫先生

你做了一件大好事

就凭这个，也该给你颁诺贝尔和平奖

激动的心情稍稍平复之后，我忽然想起了儿子说起过的房东阿姨。

她能不能顺利见到东德的家人呢？要是她不用再自言自语，不必再怪声大笑了，那才说明德国真正迎来了和平。

如今，总想去外国听音乐的孩子他爸不在了，儿子也回到了日本，所以我也没有了去柏林的借口。不过我有时候会想，要是能亲眼看一看被推倒的柏林墙，看一看比原来更明亮的街景和人们的神情就好了。

贵理子与牙买加青年

我有时也会带着孙子孙女一起去旅行。

出行的时间总是根据我的工作安排或日程决定的，所以谁能跟着去全看运气。我没法保证每一个孩子都能轮上，也没法保证公平，谁都别埋怨谁。即便如此，孩子们还是一个接一个地跟来了，真是不可思议。

要我说，这都是上天安排好的。

上一次是麻衣子去，而这一次被上帝抽中的是贵理子。

虽然孩子是跟着我一起出国，但我有演讲要忙，还要拜访各位朋友，哪有工夫带孩子们逛纽约。孩子们即使知道这个情况，也愿意跟我去旅行。不过到最后，还是要麻烦热心肠的广濑夫人和其他朋友。

这一次，朋友们也为我们祖孙俩费了不少心思。“贵理子好不容易来一趟，我们也想带她到处走走呢。”

后来，我们离开纽约，来到此行的最后一个目的地多伦多。这也是“七夕巡演”的固定线路。“呼……总算到最后一站了”——每次来到多伦多，我都有这种感觉。贵理子也有同感。

我们能在多伦多逗留一个月左右。于是我想，要是能让贵理子去上个英语班，倒也不错。

哪所学校好呢？我找好朋友村田大卫牧师咨询了一下。他告诉我，突击一个月，英语也不会有多大进步，还不如找个地方让她帮忙做些志愿者的工作。

牧师说，他正好在做一个为单亲家庭的孩子提供早餐的项目，很适合贵理子。贵理子同意了，我也决定去现场看一看。

据说，这个项目现在由一个十八九岁的牙买加青年负责，每天早上都是他一个人忙里忙外。

“孩子们都是在上学前过来吃早饭，不是六点就是七点，所以很早就要开工。”

听牧师这么一说，我们都提前定好了闹钟。

一大早跑过去一看，工作的地方是一间巨大的厨房。厨房角落里摆着一块干净的白铁板，大概一米见方。铁板左边铺着冷冻土豆泥，中间摆着六十几根香肠，右边放着大约一百五十片培根。每种食材都摆得整整齐齐。

只见那牙买加青年一会儿给食材翻面，从这头一直翻到那头，一会儿又把东西搅拌在一起。身体忽而往左扭，忽而往右扭，特别有节奏感，像木琴演奏家似的，十分帅气。

我说了句："我们来弄吧。"他痛快地回答："谢谢。"说完就去忙着装盘了。先摆好足够多的盘子和杯子，再往每一个杯子里倒番茄汁。

铁板上的培根冒出好多油，香肠也被烤成了诱人的颜色。切碎了的土豆也在搅拌的过程中逐渐变成金黄色。

我们平时做菜的时候，也会把培根煎得脆脆的，再用纸巾把渗出来的油吸掉。可让我大吃一惊的是，这边的人居然要把香肠烤焦，弄得像炭一样黑。说是不这么烤，孩子们就觉得恶心，不肯吃。我真是大开眼界，每个地方都有不同的做菜风格。他们是不是认定不把食物热透，里头的细菌就不会消失呢?

不一会儿，装好的菜就端上了桌。每个盘子里都是三根焦黑的香肠，外加煎过的土豆泥。

来吃饭的都是黑人孩子，有从肯尼亚来的，也有从牙买加来的。女孩都把满头的头发编成几十条细细的发辫，男孩个个剃着光头。

屋里的孩子不少，却一点也不吵闹。每个人都用双手捧着杯子喝果汁，言行举止非常文明，我被深深地震撼了。

贵理子闷头干活，动作麻利得很。她平时不太说话，老实本分，总给人一种平安时代的风雅感觉。可那一天，她像换了个人似的，格外积极和热情，让我不禁刮目相看。

这肯定是因为她第一次接触这个世界。我不由得想，凡事都应该让孩子体验一番，这种经验是非常宝贵的。

有孩子把盘子递过来，说“再来一份”，贵理子也会兴冲冲地给他们盛满。

能和日本来的小姑娘一起工作，牙买加青年好像也很高兴。他有一双漂亮的黑眼睛，一头时髦的短发配上黝黑的皮肤，显得分外和谐。

这时，村田牧师过来说：“有两位女士专程从肯尼亚过来参观，你要不要去见见她们？”

于是我把贵理子留在餐厅，跟着牧师去了会议室，见到两位来自肯尼亚的客人，一位是牧师，另一位是医生。

村田牧师向她们介绍我，说我是作家，也是世界宣明会的亲善大使。这番话听着怪难为情的。肯尼亚客人说：“世界宣明会也为我们的祖国做了很多贡献。”

她们的英语很好。为了方便我理解，村田牧师把每一句话都翻译给我听，再把我说的话翻译过去。沉迷毒品的年轻人、艾滋病……一个话题接一个话题，聊也聊不完。每次碰到这种情况，我都会深深地感慨，地球真是一个整体。全世界的人都应该勇敢地跨越肤色和语言的壁垒，敞开心扉交流，这是必不可少的。

不过话说回来，要是我的英语水平再好一点，在有限的时间里讨论的内容就能多一倍了，真遗憾。我的三脚猫英语只能勉强应付日常会话，要讨论国际问题还差得远。只有这一点实在是无能为力，现在开始学也很吃力。

我们所在的这栋建筑物里有上幼儿园的孩子、学龄儿童，也有身心有残疾的孩子和老人。大家在同一个屋檐下学习和娱乐。我看见三十几位老人家正聚在一起学习。屋里的气氛欢快得很，一点也不像日本的养老院那样阴暗。这地方是如此美好，看得我都想加入他们的行列了。

其实我不太喜欢"养老院"这个词。要是能造出一栋充满梦想和希望的房子，就跟城堡一样，住在里面的人又能各展所长，擅长种花的种花，擅长烧瓷的烧瓷，开开心心地过日子，那该多好。把自己做出来的东西拿去卖，还能赚到零花钱。要是能再增加些住宿设施，别光把老人关在屋里，吸引更多的年轻人来投宿，那城堡就更美好了。

如果能把这样的城堡建在北海道，那简直棒得没话说。

开完会，参观完各处设施，我回到了村田牧师的办公室，却看见贵理子已经坐在屋里了，说是餐厅那边都收拾好了。那么大一栋楼，她是怎么找到办公室的？我一问才知道，原来是那位牙买加青年带她来的。

十多天后，我要去旧金山办点事。圣卡洛斯那边有我的冬眠小屋，现在正是橙子之类的水果长得最好的时节。日本的留学生也都放假了，正等着我去呢。我问贵理子要不要跟着一起去。

没想到，她居然摇摇头。

“和您一起去旧金山肯定很开心，但我想留在这里。”

我不敢相信自己的耳朵，因为做梦也没想到她会这么说。

“我感觉自己活了这么多年，一直都在享受别人的好意，都在依靠别人。虽然这里的工作很辛苦，可我还是想留下来帮忙，就算只有一个月也好。”

太了不起了。不知不觉中，她竟然成熟了那么多。我差点掉下眼泪。

每天一大早起床去参加志愿者活动绝不轻松，还得时刻和“英语不好”带来的自卑感斗争。即便这样，她还是要留下来。

我不由得想，“年轻”就是这么一回事吧。大人们可能会觉得才十天而已，能干什么。可是只要能让孩子接触到真正美好的事物，就算只有一天，说不定也能改变他们。我有种大开眼界的感觉。

在多伦多独自度过的十天，给贵理子带来了怎样的体验，又让她收获了什么呢？

这些都是肉眼看不见的东西。也许有人觉得这段时间是没有价值的，被白白浪费了。然而，人世间没有一件事是徒劳的。有时候，你遵从自己的判断采取行动，却没能收获理想的结果，于是认定自己做出了错误的判断，殊不知这段经历总有一天会帮上你的忙。越是痛苦的经历，就越能磨炼你的人生。

对贵理子来说，如果走出日本国门就是一大进步，那么在加拿大花二十多天参加志愿者工作，为他人奉献爱心，而不是把时间花在观光游览上（而且她是自愿自发地去做这些事的），肯定会对她今后的人生产生难以估量的影响。

我由衷感谢引导贵理子走上这条路的村田牧师，也得向特别照顾贵理子的牙买加青年拉兹伯恩说一声谢谢。

贵理子对村田牧师说，她让拉兹伯恩教她英语，人家笑着答应了。牧师提醒她："贵理子啊，牙买加的英语可不是走到哪儿都能说得通哦。"

不过，拉兹伯恩给人的感觉真的很舒服。在很多年后，每当贵理子回忆起这段多伦多的岁月，她一定都会记起拉兹伯恩。

来吃早饭的孩子总共有四十几个，小的才五六岁，大的已经上高中了。有个女孩好像特别喜欢拉兹伯恩，总是想方设法引起他的注意，一会儿问他要果汁，一会儿喊他要水。贵理子貌似也用那双年轻的眼睛敏感地捕捉到了她的小心思。

毕竟这边的女孩子在七八岁的时候就懂得打扮自己，有的打了耳洞，有的把指甲染成红色。贵理子还跟我说过，她们的衣着打扮一点都不会让人觉得不舒服，看起来很可爱。

看着贵理子在这里工作的身影，我觉得她越发漂亮了。她原本是把头发披散着遮住脸颊，但是为了方便干活，现在把头发全部扎在了脑后，把脸露了出来。觉得她变漂亮，是因为这个发型很适合她，还是因为她学到了爱与奉献的精神呢？

在维也纳一眼看中的酒店烟灰缸

维也纳素有音乐之都的美誉。据说维也纳国家歌剧院落成后的首场公演，是莫扎特亲自演奏的《唐璜》。这里还有维也纳爱乐乐团的大本营，以及维也纳音乐协会金色大厅。这两个地方都赫赫有名。

但这两个音乐厅的演出票特别难买。听说，最近那些下决心“非听不可”的人都是在日本订好票再去，比以前方便多了。

要是没买到票，就得在开演前的两个多小时去剧场或音乐厅门口蹲守退票的人。门口总有好多人举着塑料牌子，上面用各国语言写着“I need a ticket”(我想要一张票)。一发现貌似来退票的人，大家就会争着抢着上去跟人家谈。无论在哪个时代，音乐爱好者都是如此痴狂。

大家也可以选择相对比较好买票的中小型剧场，也就是大众歌剧院来感受维也纳的音乐气息。维也纳童声合唱团在皇家礼拜堂的表演也值得一看，每周日的早上九点左右开始。

总而言之，只要去维也纳，就能置身于音乐的洪流之中。而且维也纳的音乐可不是一般的音乐，而是最正宗、最顶级的音乐。

皇家礼拜堂的地下是皇室的珍宝馆。除了直径超过二十厘米的海蓝宝石、祖母绿的原石，还有各种稀世罕见的宝贝，让人看得直流口水。

每周六，在以新艺术风格的墙面图案著称的马加利卡住宅门口都会举办跳蚤市场。旧衣服、钟表、书、饰品就不用说了，听说还有老乐谱之类，不愧是维也纳的跳蚤市场，虽然那些老物件里应该没有莫扎特亲笔写的乐谱。

萨赫酒店就在国家歌剧院的正前方，它是维也纳最著名的酒店，据说也是萨赫蛋糕的发祥地。如果有机会，大家一定要去酒店的咖啡厅坐一坐，品尝一下最正宗的萨赫蛋糕。那边的椅子都是古色古香的，铺着红色的天鹅绒。连平时不喝咖啡的我都陪着孩子他爸点了一杯维也纳咖啡，尝了尝搭配雪白的鲜奶油、有巧克力外皮的萨赫蛋糕。

每次坐飞机一点点接近维也纳，我都会闻到一股熟悉的味道，深深感受到一种和自己特别合拍的气氛。

我有很多好朋友住在维也纳，与他们通信的过程中，我对这座古老的都城产生了感情。这当然是一方面原因。另外一方面原因大概是儿子纪明在靠近维也纳的林茨留过学吧。

仔细想想，我真是一个以自我为中心的人。就算某个地方在世界的尽头，只要它和我产生了某种联系，都会觉得它近在咫尺。换作和我没关系的地方，哪怕只有一步之遥，我也不会察觉到它的存在。

女声合唱团的团员们跟我们坐同一班飞机去维也纳，她们的位置就在孩子他爸旁边。飞行途中，一位团员问道："黑柳先生，这架飞机是不是停住了？"

孩子他爸笑着回答："没有呀，在好好飞着呢。"

"是吗？飞机上实在太安静了，所以……"

还真是，我也觉得这架飞机飞得十分优雅。是不是因为距离维也纳已经很近了，飞机才会飞得特别平稳，好向这座音乐古都表达敬意呢？

孩子他爸在我耳边轻声说："飞机怎么可能停在半空中，你说是不是？"

我还以为孩子他爸除了小提琴什么也不懂呢。听他说得这么有把握，我居然产生了奇怪的佩服之情，心想：男人到底是男人。换作是我，大概会说出"还真是呢，说不定飞机真的停了”这种荒唐话。

孩子他爸的徒弟藤泽君来机场迎接我们，还把我们送到酒店。听说在维也纳的日本音乐家圈子里，大家都管他叫“岚子小姐”。因为当时日本出了一位风靡一时的探戈女王，名叫藤泽岚子。

藤泽君说：“今天二位肯定很累了，就好好休息吧。明天晚上我们再一起吃晚饭。”孩子他爸说：“多叫些你在这儿的日本朋友来，人多吃起来才开心。”

收拾好行李，孩子他爸突然对我说：“趁着饭前的工夫去喝杯茶吧。”于是我们下楼到大堂去了。

孩子他爸是那种一天喝多少杯咖啡都不腻的人。可我对咖啡、红茶、日本茶之类的饮品一点讲究都没有。正因为自己不讲究，家里来客人的时候，我才会稀里糊涂地忘记给人家准备喝的，而是打开冰箱，一边展示冻在里头的花，一边拿出冰箱里的水果。第一次来做客的朋友好像都有些摸不着头脑。

来我家做客啊，一定要明确地告诉我：“请给我倒杯茶。”

我们在大堂点了烟。拿起烟灰缸一看，哇，好漂亮！乍看上去黑乎乎的地方有一抹绿色，让人隐隐约约感受到维也纳这座城市的历史。上面还印着酒店的名字，字体也非常时髦。

真想带一个回去留作纪念。要是酒店有同样的款式卖，当然要买一个了。我便对服务员说："我想买一个同样款式的烟灰缸……"

服务员很抱歉地回答："这是我们酒店用了好多年的烟灰缸，是非卖品。很不凑巧，我们也没有多余的存货了……"

但他随即压低声音，用意味深长的语气说："不过，我不会一直看着的……"说完还对我使了个眼色。

他的言外之意大概是，"如果您喜欢，就带回去吧，没关系。"烟灰缸本身也不大，完全可以藏在两只手里。

"多贴心的服务员啊。"

隔壁桌上还有一个烟灰缸，款式不一样，尺寸也更大一些。我把那个拿过来用，又用纸巾把小的擦干净，悄悄塞进了手提包。做这些事的时候，我的心紧张得怦怦跳。

当然，我是趁孩子他爸上厕所的时候"动手"的，因为他特别看不惯我喜欢这种东西，或是开口向人家讨。要是被他看见，问题可就严重了。

我不得不反省，我一个老太婆，居然还干起了小偷小摸的勾当，真是不应该。但我也算是跟服务员打过招呼，人家也默许了……我只能一遍遍暗示自己，没事的，没事的。

要是能再努力一把，把烟灰缸带回日本去，每次看到它就能沉浸在关于维也纳的回忆里了。

眼看着临近傍晚，我们便去了餐厅。餐厅有好几位服务员在张罗，每个人都举着一只胳膊，胳膊上挂着五六条领带。其中一位服务员给我们端水的时候，我趁机摸了摸他手上那几根领带。

“孩子他爸，为什么要在餐厅里卖领带呢？”

听到这话，孩子他爸说：“哪是在卖领带啊，是专门借给那些没穿正装的客人用的。来这里用餐的客人来自不同的国家，说不定不知道这方面的礼节。”

他的回答让我佩服极了。

“也是，你可真机灵。”我本想夸他，可他的表情仿佛在说：“这哪是机灵不机灵的问题，是常识好不好！”

他一脸不高兴地抛给我一句：“人家这是注重格调。”

第二天早上，我们想在酒店周围散散步。无论去哪个国家的哪座城市，我都喜欢边走边看当地的野花和树木。

酒店附近长了好多葡萄藤，藤上挂着青色的葡萄。放眼望去，四周尽是漂亮的洋房。我看见有的人家门口插着形似树枝的东西，好像代表了某种含义，要么是当门牌用，要么就是某种记号。连见多识广的孩子他爸都不知道是什么意思，所以我们打算晚上吃饭的时候向住在这里的藤泽君打听打听。

一路上，我摘了好些可爱的花草和叶片，把它们夹在厚厚的小书里，就像书签一样。回到酒店后，我记下了自己是在哪座城市，又是在什么样的地方摘的这些花花草草。

路边开着成片的白色蒲公英。日本的蒲公英都是黄色的，所以我觉得特别稀罕，就偷偷采了一些带种子的绒毛，塞进了衣服口袋。要是这个动作被孩子他爸看见了，他肯定要给我打叉的。

我准备干坏事的时候瞄到孩子他爸的脸色，他就会双手交叉，给我打一个大叉。这次也一样，我好奇“那葡萄是什么味道呢”，想摘一颗尝尝，就回头看了孩子他爸一眼。他果然把脸一拉，摆出一个大叉给我看。

那表情就像在说：“想吃葡萄，回头去买来吃不就好了。”买葡萄吃当然好，可我想在这里吃刚从枝头摘下来的葡萄。看来我还是那个在北海道爬树摘李子啃的淘气丫头，一点长进都没有。

我这种心思总也得不到孩子他爸的理解，他还觉得我心眼不好呢。

当天晚上，“岚子小姐”藤泽君和他的朋友要带我们去一家能欣赏吉卜赛小提琴演奏的店，所以孩子他爸格外期待。

我也不知道那地方到底算餐厅还是酒吧。我们进去的时候，已经有五六个日本人在等着。有的是来进修音乐的留学生，有的是住在这里的滑雪教练。大家热热闹闹地相互介绍，然后坐下了。只要饭桌上有一个不懂日语的人，就得把每句话都翻译一遍，好在当晚来的都是日本同胞，省略了翻译，聊起来也轻松。

服务员送来的葡萄酒装在硕大的玻璃器皿里，看着有点像俄罗斯茶壶。真不愧是产葡萄的地方，包括这里，欧洲大多数国家的葡萄酒都比水还便宜，可以敞开肚子喝。

桌上的菜有看上去像切得厚厚的火腿的肉、香肠和奶酪。蔬菜也都是司空见惯的土豆、卷心菜、胡萝卜等等。不过只要聊得够畅快，吃什么都觉得美味。

在我们吃饭聊天的时候，一群拿着乐器的人进来了。只见他们走到我们这一桌旁边，把乐器从盒子里拿出来。看我们是日本人，他们就演奏了《樱花》及其变奏曲，还有《荒城之月》等曲子。

他们大概是听说这里有日本人聚会，用曲子来给我们助兴。他们的水平挺高，演奏的乐曲悦耳动人。

后来，他们又演奏了查尔达斯舞曲、吉卜赛之歌式的曲子，一首又一首，总共演奏了二十多分钟。结束后，我们邀请乐手坐下来，跟我们一起喝一杯。

“岚子小姐”用维也纳口音的德语介绍道，其实我们几个也是拉小提琴的，这位先生还是乐团的首席。乐手们好像很惊讶。

孩子他爸跟“岚子小姐”打听了酬金的行情，然后把钱付给乐手的头头。他把一张纸钞搭在琴弓的顶端摆动了几下，表达心中的喜悦，接着又用激情十足的演奏回馈我们。他们拉得相当好，孩子他爸也听得很享受。

乐手们走到别的桌子边后面，孩子他爸感慨地说：“我可干不了这个……”

有一次，我跟着孩子他爸去洛杉矶，在公园里看到一位独自拉小提琴的老先生。老先生跟前摆着一个空铁皮罐头，里头只有几个少得可怜的零碎硬币。路人一个个从他面前快步走过，都没有人停下来。我看着有些心疼，对孩子他爸说：

“你去替人家拉一会儿。只要你出马，肯定会立刻吸引好多听众，这样老先生的罐头里就会有好多钱了。”

可孩子他爸就是不肯。

无论什么时候，只要是有小提琴登场的场面，我都要看孩子他爸的脸色，提心吊胆。

那个晚上我也说：“因为他们是艺人，当然无所谓了。你是艺术家嘛……”此话一出，气氛顿时冷淡下来。可我到底该说什么才好呢？

转眼间到了十点，也不早了，“岚子小姐”再一次送我们回酒店。我在车里问他：“我看见有些人家门口插着树枝，那是什么风俗吗？”

“岚子小姐”告诉我们：“啊，那是葡萄的枝条，意思是‘今年的新酒酿好了，欢迎大家来品尝’。”

原来是这个意思啊。无论去哪个国家，这种别出心裁的“招牌”都很引人注目。

从第二天起，我们开始深入游览维也纳这座城市。这儿的公园和街角经常有大作曲家的铜像，博物馆也基本都和音乐有关，真不愧是音乐之都。

如今，孩子他爸已经不在了，我可以公然把那次拿回来的烟灰缸摆在桌上用，但它毕竟承载着宝贵的回忆，要是摔碎了就太可惜了。所以，我只会时不时小心翼翼地把它拿出来，欣赏一番。

偶遇安妮·弗兰克的父亲

前些天，日本桥的百货商店举办了我最爱的画家安野光雅先生的个人画展，于是我去看了。画展的主题是“荷兰”，看得我心花怒放。

荷兰有因伦勃朗的《夜巡》闻名的阿姆斯特丹国立美术馆，有阿姆斯特丹皇家音乐厅管弦乐团，还有许多全世界数一数二的杰出文化，却同时保留着朴素的一面，是“欧洲的村庄”。所以我一直觉得荷兰是个特别有吸引力的地方。

城内运河如织，也是荷兰城市的魅力所在。运河不像天然的河流那样冷漠，与当地人的日常生活完美地融合在一起，这一点也让人安心。

鹿特丹给我留下的印象是那么鲜明，至今回忆起来都历历在目。

停泊着各国船只的港口、随处可见的花市、弥漫全城的奶酪香气……街头的管风琴一传出温柔的乐音，孩子们便会聚集过来。演奏告一段落后，领头的乐师去摇各家各户的铃，等着屋里人扔出用纸包好的钱。有些上了年纪还在工作的人会穿着木鞋出门，每走一步都咔哒咔哒响。

民宅后面就有运河流过，家家户户都是一出后门就能下到河里。不过我们去的时候刚好是冬天，河面都结冰了，所以大家都在享受自家后门口的“私人溜冰场”。

每户人家对着运河的窗口都装着一个大钩子，据说那是用来拴住走水路运来的货物的，先拴好货再往家里搬。这也是很符合当地特色的生活智慧，让我十分佩服。

听说这边的房子按宽度收税，这也是因为运河在当地人的生活中扮演着重要的角色。

运河是鸭子们的家园。据说一到小鸭子破壳而出，需要搬家的时候，无论是行人还是在街上跑的车都会给小鸭子让路。荷兰是女王当家，不过在那个季节，鸭妈妈享受的也是女王级别的待遇。

荷兰人爱吃鲱鱼。每年打到的第一批鲱鱼都要进贡给女王陛下享用。

我们之所以去荷兰，是因为当时儿子纪明进了鹿特丹爱乐乐团，就住在鹿特丹。

和科隆室内乐团的三年合同到期后，他回日本住了一段时间。指挥家让·富尔涅先生恰好在那个时候来日本演出，说是想带几个日本小提琴手回去。儿子通过了考试，就这样被选上了。

这次签的也是三年的合同。事情定下来后，他急急忙忙和妻子朱美办了婚礼。纪明可能是在国外住久了，总嚷嚷着“我一定要找个日本人”。好在朱美也愿意跟着他一起去鹿特丹。所以对纪明夫妇来说，鹿特丹也是他们的新婚生活开始的地方，有许多美好的回忆。

当时鹿特丹的年轻人非常流行骑摩托车，没什么运动细胞的纪明也立刻买了一辆，载着新婚妻子满城跑。听说他翻过两三次车，有一次伤得挺重的，被救护车送去了医院，还拍了头部的 X 光片。

当然，我们对他骑摩托车的事一无所知。谁知有一天，一位住在鹿特丹的熟人写信给我说：

“你知不知道纪明总是骑摩托车到处跑？太危险了，你可一定要劝劝他！”

“晴天霹雳”就是形容这种情况吧。我跟孩子他爸都吓了一大跳。纪明的手可是要拉小提琴的，万一有个三长两短怎么得了！孩子他爸气得火冒三丈。

我连忙给儿子写信：

“……年迈的父母在日本为你担心呢。你以后可千万不能再这样了。”

也许是这封信起了作用，也许是儿子自己玩腻了。我们去荷兰的时候，他已经不骑摩托了。

我们还从鹿特丹去了首都阿姆斯特丹，住在一家古典雅致的酒店里。

酒店的电梯古色古香，像印满了图案的箱子一样。坐电梯的时候，要先“哗啦啦”地拉开门走进去，再按按钮，电梯会像运送货物一样往上升或往下降，给人庄重的印象，让我很喜欢。

住在那家酒店的时候，我们能时不时看见那位大名鼎鼎的安妮·弗兰克①的父亲。他好像一直住在那里。

他是一位落寞矮小的老人，让人不好意思上前搭话，想给他留些清净。我见到他的时候，恰好是他过世前不久。

当年安妮一家的藏身之地就在距离中央广场十分钟路程的地方，游客可以进去参观。为了躲避纳粹的迫害，安妮在旋转书架后面住过一段时间，这个大家都知道。可是实际去那栋房

①生于德国法兰克福的犹太女孩，二战犹太人大屠杀中的受害者之一，著有《安妮日记》。

子看一看，就会发现书架后面的空间其实很小。看来安妮是一个格外娇小的姑娘。

纪明的事还有后话。三年的合同期一到，该决定要不要和爱乐乐团续约了。就在这个时候，纪明说他不续约了，想回日本。

我是觉得他在国外生活了那么久，回日本发展也不错，可孩子他爸强烈反对。因为他觉得，那边的乐团给的待遇好，跟日本没法比，更何况只要留在欧洲的交响乐团，小提琴拉出的音色会自然而然地变美。纪明居然想放弃那么好的条件，他是不是不喜欢音乐啊？哪有这么没出息的孩子。

孩子他爸那一代音乐家都是从苦日子熬过来的。和自己当年一比，儿子能享受到的待遇简直是天壤之别，怎么能这么不上进呢？

儿媳是日本人，又是钢琴家，无论住在哪里，生活都不会有什么不方便的——这就是孩子他爸的逻辑。

要我说，他是没在外国生活过，不懂久居国外的辛苦。而且他是个特别的人，只要有小提琴拉，再苦再累都扛得住。可世上没几个人能像他这样。

孩子他爸一直在强调环境的重要性。这个我也理解。

有一次，我去听一位男高音歌唱家的独唱会。当时他刚从意大利深造回来，我听的是他在日本的第一场演出，震惊得双腿都软了。因为他的歌声比留学前动听很多，简直跟意大利的歌手一样。留学的时候，他耳濡目染，自然而然地掌握了那套发声方法，这可不容易做到。孩子他爸想强调的大概是这一点。

“他唱得那么好，干吗要回日本来？太可惜了……”

这话他不知道嘟囔了多久。

两三年一过，那位男高音歌手的声音居然渐渐有了日本味，这又让我吃了一惊。或许和平时吃的东西也有关系。住在意大利时接触的所有东西都跟住在日本不一样吧。

紧接着，儿子写了一封这样的信给我：

> 爸爸有当小提琴家的天赋，可我没有他那样的才华。
>
> 我也知道，努力得不够只能怪自己，在外国多历练几年也许会更好。
>
> 但我宁可回日本来，住长屋[1]，啃酱萝卜，也不想继续住在异国他乡。就算我住的是城堡，有许多美女环绕也不留恋。

这是儿子的价值观，也是他做出的选择，我们无权干涉。

①类似中国的大杂院，将一栋房子分隔，租借给数户人家合住。

收到这封信后没多久，儿子和儿媳就回日本了。

小提琴的乐声并不是人生的全部。也许纪明不是天才，但是作为一个人，他还是有很多闪光点，比如有一颗善良的心。能培养出这样的孩子，我已经心满意足了。就算有再好的天赋，要是变成某人那样，也很让人头疼呀。

现在，儿子一边拉着小提琴，一边在日本享受平静的家庭生活。人生啊，没有必要下定论，因为无论走哪条路，风景都很美好。

天哪，我见到了仓本聪先生

从纽约坐飞机去多伦多还不到一小时。虽然多伦多和我的故乡北海道在大小上差了很多，但两边的空气有很相似的味道。

我有很多好朋友住在多伦多。其中包括童年玩伴小米的儿子——插画家阿三一家。所以在我的“七夕巡演”路线中，多伦多也是一座令人开心的休息站。

我每次都住在同一家酒店——温莎·阿姆斯酒店，有四层楼高，乍一看跟教堂似的。

酒店是典雅的欧式风格，据说披头士乐队来多伦多的时候都是只住这家。阿三在我第一次来的时候帮着选了这家酒店。

我每次住的房间都是一楼最靠里的套房。这样就不用爬楼梯，也不用坐电梯，别人来做客也方便。一天的房费只要一百加元，难得如此便宜。

只要天气晴好，早上起床拉开窗帘，就能看到壮观无比的日出景象。晨曦在美丽的七彩光晕周围留下灰色的影子，逐渐改变颜色，有时候是浓浓的橙色，有时候则是粉色加紫色调和出来的颜色，像熔炉里的火一样。

我眼看着它一点点上升，平移，慢慢变为耀眼的白色，最后才变成硕大的圆圆的太阳。这是在多伦多才能看见的太阳刚出生时的模样。

望向屋外，马路上却一辆车都没有，只有行人自由自在地走着。几只雪白的鸽子一蹦一跳，个头要比日本的稍微小一点。

多么祥和的景象啊，感觉寿命都变长了。

来多伦多已经一个星期，发生了各种各样的事，日子转瞬即逝。住在这里不比人在东京的时候，不会频繁接到电话，也没有快递包裹上门。虽然生活有点太平静了，但绝不是什么坏事。

之前的住客留下了一本美国的《人物周刊》。翻着翻着，竟然翻到了金婆婆与银婆婆[①]面带微笑的大幅照片。她们现在已经是世界级名人了。不过两位婆婆大概不知道自己上了美国的杂志。要不要带回去寄给她们？

傍晚，一位朋友怕我无聊，捎来了一份叫《新加拿大人》

①吉尼斯世界纪录中的“人类史上最长寿双胞胎”。

的日文报纸给我。上面登载着日本的新闻，还有多伦多和加拿大其他地方的消息。

阔别已久的日文让我倍感怀念。就在我翻看报纸的时候，“今日于悲别”这几个字闯进了视野。那竟然是关于仓本聪先生的富良野塾[①]要在多伦多上演《今日于悲别》的报道。

“啊？仓本先生的戏要在多伦多公演了？天哪！”

我实在是太吃惊了，连自言自语的口气都朝近来的辣妹风格靠拢。

一看公演的日子，是到第二天为止。我是一定要看的，可是该怎么办……我顿时坐不住了。

转头看了一眼时间，此刻还不到六点。“日本通信”的办公室还有工作人员吗？反正是打听戏票的事，说不定还来得及。我立刻决定打个电话过去问问。

办演讲会和上电视的时候，那个机构帮过我不少忙。我自报家门，讲了事情的来龙去脉。他们很理解我，一口答应帮我订票。我不由得松了口气。

后来对方告诉我，只有明天的场次还有位置。这仿佛也是不可思议的机缘。

真不是自夸，其实我经常碰到这种事。心里一直惦记着某

①北海道富良野市的私塾，为有志于成为编剧、导演的人开设的两年制培训机构。

个人，想着想着，就突然碰见了，而且是在那种原本不可能见面的地方。想买一件手感柔软、走甜美路线的上衣，也会在下一次逛街路过的商店橱窗里发现正合心意的衣服。

简直跟做梦一样。我心想，这也许真的是梦，就伸手去摸，才确定那衣服是真真切切存在的。

这当然不是因为我有什么特异功能。也许这种巧合人人都会碰到，也可能是我太贪心了，什么都想要。

但是，能让我品尝到喜悦的机会真的很多，这也是不争的事实。在生活中，总能碰到让我不顾体面地大喊“哇”“呀”的高兴事。

之所以喜欢旅行，可能也是因为走出家门，能品尝喜悦的机会就会增多。只要满世界到处跑，就能有让人欣喜的偶遇。因为我是属狗的嘛，俗话说得好，“狗在外面闲逛，都会被棒子打”①。

当然，我碰上的都是比“棒子”厉害得多的幸运。这次与仓本先生的偶遇也不例外。

我是仓本先生的铁杆戏迷。富良野塾来东京表演的时候，都把场地选在东急文化村。我每次都想着“这回一定要去看”，可每次都错过。他在札幌公演的时候，我也因为工作的关系没

①日本俗语，意思是“常在外边走会交好运”。

去成。没想到在加拿大的多伦多反而实现了心愿，多么神奇的缘分啊。

这可能是上帝的安排——“你就在多伦多看吧”。不过仓本先生要是看到我，一定很吃惊。

仓本先生定居富良野已经有十多年了。听说他自掏腰包开设私塾，与立志投身话剧的青年们共同打造自给自足的乌托邦，我这个在北海道出生长大的人当然不能不关心。

那些年轻人一边与严酷的自然斗争，一边在个性鲜明的仓本先生手下磨炼感受力。他们究竟能为观众呈现出怎样的表演呢？

“悲别”这个标题是仓本老师取的。那一带原本有很多矿井，但后来都关了，这个名字大概就是用来哀悼矿井的。我的故乡泷川周边原来也有很多矿井。砂川、赤平、美呗、几春别、夕张……这些矿井开采的煤炭，是我们当时离不开的生活必需品。当地人基本都在矿井工作，学校里也有很多矿工子弟。

矿井一旦发生坍塌、瓦斯泄漏等事故，就会有许许多多伤者躺在担架上被抬进我家。这当然是因为我父亲是一位医生。只记得家里到处是脸上和四肢缠满了绷带的人，呻吟和惨叫声此起彼伏。

我就是在这样的环境中长大的。我一点都不害怕，只是很同情他们，唯一能做的就是拼命祈祷。北海道是个天寒地冻的地方，一年里有半年得点炉子取暖，所以煤炭是相当重要的东西。年幼的我就在思考，矿工为我们挖出了这么宝贵的煤炭，为什么不能让他们在更安全的条件下工作呢？

仓本先生的《北国之恋》以富良野为舞台，讲述了从大城市搬回北海道的主人公和他的家人的故事。还记得在这部电视剧播出期间，我每周五晚上都会准时守在电视机前，谁约我出去都不答应。

“因为今天有一档一定要看的电视节目……”听到我这么说，也有人建议：“那就录下来嘛。”那会儿录像机正好刚上市，可我对机器一窍不通，怎么可能用录像机录下来呢？直到现在也没学会用法。有人借录像带给我，让我一定看看，但我不知道怎么操作，只能把它束之高阁。真要借带子给我，就请一并派个技师过来，否则我就看不了。

我觉得仓本先生确实是一位天才剧作家。从电视机这个东西诞生到今天，我就没看到过比《北国之恋》更出色的电视剧。他的每一部作品都精彩地刻画出故事发生的环境，还有生活在那个环境下的人们的矛盾、融洽与喜怒哀乐。

《今日于悲别》是根据电视剧改编的舞台剧，描写了生活在矿区的年轻人在矿井被迫关闭后的遭遇。故事的格局很宏大，甚至对环境问题和能源问题也进行了一番探讨。

“人的希望是什么？能量真正的源头是不是在人的体内呢？”这就是本剧的主题。

会场坐满了加拿大本地的观众。我感觉大家也对这部剧产生了深深的共鸣。在公演不久前，新斯科舍的矿井刚发生过一起不幸的事故。

但话剧本身并没有生硬地讲述大道理，充满了美感与艺术性。一会儿以贝多芬第九交响曲伴奏，一会儿又在恰到好处的时候播放我最爱的《奇异恩典》，我感动得直掉眼泪。每一位年轻演员的动作也充满了在外国表演的紧张感，却张力十足。最后我拍手拍到手都疼了。

演出结束后，全场观众起立，欢呼与喝彩久久不能平息。仓本先生也一次又一次走上舞台，感谢观众们的掌声。

那场面真是感动人心。最后，所有演职人员在台上排成一列，向观众致意。随之响起的又是雷鸣般的掌声。为了打造这样一场高水平的戏剧，大家一定付出了很多辛劳，但沐浴在掌声中的这一刻能把所有辛苦一扫而空，只留下巨大的欢喜。

我也考虑过要不要在散场后去后台见一见仓本先生，可要是真去了，就不是说一句“恭喜”能解决的问题了，十有八九要哇哇大叫一通。

仓本先生是个很稳重的人，要是见到我，他一定会克制住惊讶，平静地说："没想到会在这里见到你。"同时微微一笑。我在脑海中勾勒出这一幕，去后台瞄了一眼。果然，他的反应跟我想象的一模一样。

他是个很害羞的人。不过这也是我喜欢他的原因之一。

其实，我在纽约又看了一遍《今日于悲别》。而且我还对朋友们说"那部戏真的很棒"，拉着人家一起去了。

但纽约这次，我没去后台打招呼，不然多招人烦啊，不能让人家觉得我一把年纪了还在追星，悄悄地看就好。

看第二遍的时候，我弄懂了许多第一遍没看懂的地方，感觉这出戏是越看越有味道，值得反复欣赏。戏都散场了，我们几个还意犹未尽，往停车场走的路上还在齐声合唱《奇异恩典》。

那个时候，我们大概把各自的"悲别"留在了心间。

前所未有的大场面——在“林肯中心”演讲

今年五月，我为了 JASSI（日裔美国人社会福利事业）的演讲去了一趟纽约。

每年出发去美国之前，我都会冒出一个念头：“这也许是最后一次了……”但是上帝赐给了我健康和一小撮智慧，我又顺便得到了一丝丝勇气，所以从抽屉里拿出护照放进行李箱的时候，我的心情还是很平静的。

如果出门的时候快要入冬了，那就得带上大衣，厚衣服也要带很多件，行李自然就多了，非常麻烦。可这一回是五月出门，带最少的行李就够了，是最适合出远门的时节。

临出门前，洛杉矶发生了暴动。朋友们都很担心，纷纷打电话来问：这种时候去真的没问题吗？但我不是去游山玩水的呀，还有 JASSI 的重要任务等着我去完成，更何况那是三年前就定下来的事情。

管他呢，说什么都要去。我的决心没有丝毫的动摇，痛痛快快地回答大家：“美国的地方大着呢。”搞得大伙儿都没话可说了。

彻子常说，为公益事业出远门，飞机再颠簸她都不怕。可要是自己出去玩，她反而会发慌。大概还真是这么回事。

不过，这一趟也许真的是最后一次了。曾几何时，淀川长治老师也说过：“我要去纽约了，但这一趟肯定是最后一次。”也许上了年纪的人都产生过同样的念头。

但我内心深处却在想：淀川老师，您嘴上是这么说的，但您明年肯定还会去。我也是一样。

我在纽约演讲过好几次，可这一次演讲有完全不同的意义。因为“世界的阿绿”——住在纽约的天才小提琴家五岛绿小姐也要来参加这次活动。

真没想到我能在这么大的年纪接到这样一份让人难以置信的工作，能和五岛绿小姐站在同一个舞台上，真得好好感谢上帝的恩赐。

而且，这次的活动是无论如何都要办成功的。

这次演讲会是三年前策划的。JASSI 是美籍日裔岛之内美登里女士领导的慈善公益团体，致力于为第一代日裔移民谋福利，也开展了十多年的“避难所”工作，移居美国的年轻日本女性在离婚或是成为未婚妈妈的时候，可以求助于这个组织。民间爱心人士的努力让我倍感钦佩，我也想帮大家筹集善款，所以接下了演讲的任务。当时我便冒出一个念头：要是能请到五岛绿登台演奏，那该是一场多么精彩的慈善活动。

我跟阿绿是通过孩子他爸的得意门生米谷绫子相识的，和她的母亲也有不少来往。阿绿的新歌在日本发售的时候，推荐语还是我写的。

但阿绿每年要在八十多个地方开演奏会，日程非常紧张。本以为很难约到她的时间，没想到她一口答应下来。这也多亏了JASSI工作人员的不懈努力。

能请到“世界的阿绿”登台演奏，这场活动就已经成功了百分之九十。我可真有福气。

这不，离活动还有好几天，票就卖完了。不停地有人联系JASSI的秘书处询问：“就不能再想想办法？”把大家愁坏了。不过这也是幸福的烦恼。

这可都是阿绿的威力。听说即便在纽约，她的演奏会门票也是一票难求。

会场设在林肯中心的艾莉丝·塔利厅，可以容纳一千两百多人。到了活动开始的八点，无论一楼还是二楼都是座无虚席。

这里位于纽约市中心，还要面向这么多听众演讲，仔细想想真是不得了。要是顾虑太多，反而会紧张得动弹不得。

我心想，都走到这一步了，就不要再摆什么架子，装什么样子了，也别想着给自己打造多么光辉伟岸的形象。就按自己的步调来，把真实的自己展现出来，这是唯一的法子。

“这场演讲会是三年前约定的。我能不能活到那个时候？我还有没有力气飞过来？这样的担心也是有的，但事实证明都是不必要的担忧。

“只要是想做的事，就坚信它一定会实现，耐心等待就行了。这是上帝给我的答案。这不，我果然见到了在座的各位。”

我一开场就是这么说的，收获了听众们一齐送上的温暖的掌声。

“我是一个在北海道出生的淘气丫头。长大后去了东京，和音乐家结婚生子，在七十二岁那年成了未亡人。孩子们一个个都说，过来一起住吧。但我还是下定决心，要一个人活下去。从今往后，就是属于自己的崭新的人生。我是抱着这样的信念全力以赴走到现在。

“我今年八十一岁了，但是正如大家所见，人还是挺精神的。我有两个秘诀，一是不把压力攒在心里，二是积极进取的精神。”

我对台下的听众说，日本这个国家无法给音乐家、画家、演员和作家应有的回报，所以我从没奢望过靠丈夫的遗产过日子。丈夫走后，我为了活下去又是写书，又是到处演讲。如果没有一点积极进取的精神，我是不会这么挑战自己的，但现在非常庆幸当初的决定。

后来我又说："刚才大家为我送上那么响亮的掌声，要不我回日本之后从政算了，专门解决艺术家和年金的问题！"话音刚落，掌声又响起来。

"可是冷静下来想想，我这年纪摆在这儿……"

听众们又一次笑开了花。

翻译补充了一句："要用英语把这句话的弦外之音翻出来还真是有点难。"这么一说，大家又哈哈大笑起来。

演讲的反响还不错，大家也没有听得索然无味。走下舞台的时候，我总算放心了。

然后就是阿绿的演出。她穿着一身亮眼的海蓝色礼服登场，听众们又是拼命鼓掌。

她使用的乐器是一七二二年制造的斯特拉迪瓦里小提琴"朱庇特"，演奏的曲目是亨德尔的《小提琴第四奏鸣曲》、埃尔加的《小提琴奏鸣曲》、J·S·巴赫的《无伴奏第一小提琴奏鸣曲》等，总共五首，外加两首安可曲。十一岁那年，她与纽约爱乐乐团合作，正式在乐坛出道，成了大家交口称赞的天才少女。那天的表演也精彩至极，听众们都站了起来，为她送上经久不息的掌声。

话说阿绿十四岁那年，在马萨诸塞州的坦格尔伍德与伦纳德·伯恩斯坦指挥的波士顿交响乐团合作过。在她表演独奏的时候，小提琴的琴弦居然断了两次。但她并没有被突发情况吓倒，坚持演奏到最后。这也是极为有名的乐坛佳话。

先是她自己的名琴瓜奈里断了，于是换上乐团首席的斯特拉迪瓦里琴继续演奏，谁知道换的琴也断了弦。她就借来了第二小提琴的瓜达尼尼，一直拉到了最后。

在听众和团员们倒吸一口冷气的时刻，阿绿不慌不乱，沉着冷静。听说指挥家伯恩斯坦都被她感动得一塌糊涂。

这件事还登上了美国的小学教科书，有好多小学生给她写信呢。

她三岁开始学琴，十岁赴美，就读于茱莉亚音乐学院。十一岁就和纽约爱乐乐团同台演出，正式出道。除了“天才”，还能用什么词来形容她？

阿绿开始表演后，我冒出的第一个念头是，要是能让孩子他爸来现场听一听就好了。

孩子他爸是那种把生命都扑在小提琴上的人。如果他临死前听到阿绿演奏的音乐，保不准会被感动得一个鲤鱼打挺跳起来。

那天的阿绿仿佛和小提琴合而为一了。与其说她拿着小提琴，不如说小提琴就是她身体的一部分，是她的身体在跳舞。

我是个门外汉，当然不能对她的技巧做任何点评，但我能感觉到她在用音乐跟听众对话，在用音符诠释人的喜怒哀乐。就好像杂技演员一样，一会儿踩大球，一会儿走钢丝，一会儿表演空中飞人，却让人感觉不到一丝一毫的危险。全知全能的上帝支撑着她的整个身体，所以她才能安安稳稳地在空中翱翔。

当然，她身上那美丽的洋装、可爱的金色鞋子，她那一头柔软的黑发，都像毕加索的画一样。

琴的音色更是美得没话说。尤其是第三首巴赫的《无伴奏第一小提琴奏鸣曲》。我当时想，自己从来没听过这么动人的巴赫，估计以后也不可能再听到了。“精彩”这两个字远远不足以表达当时的感受。她的演奏牢牢抓住人心，甚至能勾走听众的灵魂。这么形容才最贴切。

我珍惜她拉出的每一个音，真想把所有升号和降号都捡起来放在手心里，捧起来给她送去。好像把盛开的花朵收集起来，放进冰箱里冷藏，就能永远留住它们的美好。

我竖起耳朵，生怕听漏一个音符。可惜声音很难原汁原味地保存下来。当然，CBS 索尼出了很多她的唱片，但我想要的偏偏是她在那个晚上演奏的乐声。

我想把小提琴女王送给我的那些无法替代的宝贵音乐视作最重要的宝物，永远地留在自己身边。

这就是活着的意义吧。正因为我还活着，才有机会接触到这样美妙的音乐。真想让孩子他爸也听一听阿绿的演奏，可惜他不在了。那我就把今晚的音符收集起来，等我也上天堂的时候，再送给孩子他爸当见面礼吧。

电视台转播外国交响乐团的表演时，孩子他爸总会分外认真地倾听，恨不得把耳朵贴在屏幕上。如果乐团演奏的是他拉过的曲子，那就更不用说了。

照理说，听到我这样的门外汉对演奏发表意见，孩子他爸作为专业人士应该大喝一句“少啰唆”，让我别插嘴。可他无论在什么时候，都很愿意听听我的感想。

在家练琴的时候也同样如此。有时候，他会把同一段旋律拉成两个不同的版本，征求我的意见：

“你觉得哪种更好？”

我回答：“不知道，不过我更喜欢这种。”他就会说，“喜欢”这种感觉是很重要的。

他倒不是认同我说的内容，而是有一颗愿意尊重我的温柔的心。孩子他爸在世的时候，我没察觉到这一点，现在却深有感触。

小提琴的演奏总会把我带进对孩子他爸的追忆中，而且追忆里总是夹杂着一些忏悔的心情。

阿绿今年二十岁，正好在日本住了前十年，在美国住了后十年。她应该是那种真正意义上的“国际人”，不会按国籍给人分类。她通过自己力所能及的事，为国际友好与世界和平做贡献——小小年纪却有这样的觉悟，真是了不起。

正因为她有这种精神，才会想办法从紧张的日程里挤出时间，来参加 JASSI 的慈善活动。

在这场慈善演出之后，阿绿创立了“绿教育财团”。

现在她每年要举办八十到九十场演奏会。这些演奏会都是卖门票的，要花大价钱才能听到。她说自己之所以创立财团，就是为了挣脱这些条条框框，走遍世界，为孩子们办免费的音乐会，或是开设教授小提琴的学习班之类。

旅费、会场费、伴奏者的演出费和其他开支都靠日本和美国企业的捐款。听说她准备在明年六月到日本开一场面向小学生和初中生的音乐会。

阿绿说：“现在日美关系有些摩擦。我是日本人，所以想让美国的孩子多了解一些日本的事。而且我住在美国，也想让日本的孩子多了解了解美国人。”

她的年纪跟我的孙子们一般大，却十分可靠。最关键的是，她手里还有不受国境限制的强大武器——小提琴。我要为这位年轻的小提琴女王高唱赞歌。

阿朝的快乐晚年生活手记

一个人走过的路

在多伦多小住一段时日，早上经常能瞥见几只雪白的鸽子从酒店窗外飞过。那边的鸽子比日本的稍微小一些。

著名大提琴演奏家卡萨尔斯晚年时在电视上说，“在我出生的故乡加泰罗尼亚，白鸽的叫声是‘Peace、Peace’（和平）。我拉一首能勾起昔日回忆的曲子吧。”说着，他就用微微颤动的大手演奏起来。演奏时，他闭上了眼睛，仿佛沉浸在充满哀愁与怀念的故乡回忆中。

我看着电视画面，钦佩他因热爱和平遭到迫害，却自始至终都没有放弃信念，不禁感动得掉了眼泪。

那个节目播出后没多久，卡萨尔斯就去了天堂。

他是完美履行了上天赋予他的使命，回到了天上。每次想起他，我都会觉得难为情。唉，我马上也要迎来那个时刻了，可我这辈子都干了些什么呢？留下的尽是遗憾，多么让人头疼的一生。

今年九月六日一过，我就八十二岁了。星座居然是处女座。大概是因为我算虚岁算习惯了，元旦一过，我就到处说自己满八十二了，所以大家早就认为我到了这个年纪。

我这个人不太在乎年龄，不过也应该把这笔账算算清楚，再这么两岁两岁地长，就要追上金婆婆和银婆婆了，所以我想趁这个机会订正一下。

时间过得真快，我先生已经离开我九年了。

一个人整天发呆的日子，我是绝对受不了的。这些年，我写了十几本书，还去美国、加拿大和日本的很多地方做过演讲，过着和“无聊”毫无瓜葛的人生。

即便是这样，孩子他爸刚走那会儿，我的状态还是有些失常。毕竟在那之前，我一直和一大家人住在一起，虽然也遇到过许多困难，但日子过得热热闹闹，根本没有闲工夫觉得孤独寂寞。

我当时还说自己不寂寞，也不想被大家折腾来折腾去，我想要自由，想要有自己的时间。

后来，我搬到东京，在七十四岁时第一次过上了独居的生活。那时我感到的东西与其说是“寂寞”，倒不如说是“住独门独院房子的恐惧”。

在我家住了几十年，帮着料理家事的阿峰因为亲人的关系回老家之后，我的日子就更艰难了。说实话，我当时是很失落的，只觉得自己一把年纪了，真是没出息。

“这样可一点都没有阿朝的风范。”用家乡话给自己打气也没用。到了傍晚天色渐暗的时候，我就会浑身紧张，越来越焦虑。实在撑不住了，我甚至还会跑到附近的酒店对付一晚上。有家不睡睡酒店，多浪费钱啊。可是，不想一个人待在家里的念头更强烈一些，我只能认输。

院子里有我心爱的花，能帮我排解不少烦闷，但这仅限于白天。到了傍晚，太阳一点点落下去，我的心情就会一点点郁闷起来。那时的我特别害怕黑夜。

我这个人就是胆小。可我都一把年纪了，也没法找孩子倾诉这种烦恼。他们大概做梦也没想到妈妈还会这样。

正因为这些事情都过去了，我才能说出来。

为了适应独居生活，那段时光大概是必不可缺的。要是我当时举白旗投降，觉得“这样的日子我是过不下去了”，就不会有现在的我。

孩子们都很贴心。要是他们发现我过得不好，肯定会争着抢着让我搬去跟他们住。但他们应该不知道我有过那样一段时期。我觉得不让他们知道才好。

直到现在，孩子们还坚信“妈妈是从来不气馁的”。我的内心其实很软弱，却一直对外逞强，所以孩子们认定自己的妈妈很坚强。连孩子他爸也这么认为。

“孩子他妈就知道摆架子”，“你总是一副天塌下来都不怕的样子，真让人羡慕”……他经常这么说。多让他担心一点，他也许会更体贴我，但我貌似不太适合扮演那种类型的角色。

所以有人请我去演讲，我的第一反应是：哎呀，太开心了。为了演讲去地方城市的确有点辛苦，但是出了门就不会寂寞，还有钱拿，大家也开心，还有比这更好的事吗？

多亏上帝赐给我健康。我都不知道为这一点感谢过多少次了。

NHK 电视剧《阿朝》开播之后，从北海道到冲绳，到处都留下了我的脚步。

而且我还走出了国门，从美国的纽约到洛杉矶、旧金山等西海岸城市，再到西雅图、丹佛，然后从加拿大的温哥华到多伦多，还有夏威夷……现在我每年都要这么跑一圈。

我还结识了很多与我年龄不同，工作和国籍也不一样的新朋友。

一个人哭哭啼啼苦熬的日子，就像一场梦似的。

今年，我还主动参加了世界宣明会和JASSI等机构的公益活动。在菲律宾用蹩脚的英语和当地的孩子们聊天时，一把年纪的我品尝到了全新的幸福。

最近，我甚至会对着孩子他爸的照片任性地祈祷：

“孩子他爸，我拼着命给你当了五十五年的后盾，但现在我开始用自己的脚走路，开始用自己的眼睛看世界了，也能稍微帮助别人一点了。所以你就再等我一下吧，我要过一阵子再去陪你。”

话说有个词叫“Merry Widow”（风流寡妇），我有时也会享受享受不至于背叛孩子他爸的小小的恋慕之情，美好的未亡人生活也越来越有模有样。

其实，有件事我一直很感激孩子他爸，那就是他作为一介小提琴手，没有给我留下足以逍遥度日的钱。

每次在演讲中提到“日本的年金制度对音乐家和画家这样的人是多么凉薄”，听众们都会送上热烈的喝彩。我有时候觉得，自己是以这种特殊的形式给孩子他爸“报仇”。要是没有这份积极进取的精神，当了那么多年家庭主妇，从来没有踏足过社会的我，又怎么可能干得出写书和演讲之类的事呢。

十年前，《阿朝来啦》刚出版的时候，报社的记者来采访我，问我出书以后最高兴的事是什么。我老老实实地回答：“最高兴的是有钱了。”

后来我跟彻子说起这件事，她批评我：“说什么钱啊钱的，多俗啊。”

我还有很多很多想做的事。

日本有一句老话，叫“许的愿望有棒子那么粗，但能实现的只有绣花针那么细”。我的经历还真是这句话的写照。要是还年轻，有更多的时间可以学习，就能从头来过。不过靠误打误撞走过来的人生，好像也快到落幕的时刻了。

我也不知道自己还能活几年，可是正因为人生所剩无几，正因为沙漏里的沙子快漏光了，我才会想起上面那句老话。

把几根绣花针绑在一起，就能弄出个还算粗的东西来。不要太贪心，跟绣花针一样细也没关系。挺直身板，把自己打扮得漂漂亮亮的，出门走走看看吧。只要是有人在等着我的地方，让我去哪里，我都愿意。

我不喜欢“晚年”这个词，但会时不时思考死亡这件事。

每次去美国，我都想：这也许是最后一趟了。可我心里一点悲壮感都没有，因为我什么时候死都无所谓，死在哪里也无所谓。

像乔治·桑[1]那样客死异乡也挺洒脱的。有生命的东西总有一天是要逝去的。每次听说比我年轻有才的人过世，我就分外遗憾，真想替人家去死。

可惜这种事不是按顺序来的，一切都是上帝的安排。等哪天轮到我，我会开开心心地飞到孩子他爸身边去。

如果世上真有什么让我舍不得的东西，就只有美丽的花儿了。唉，死了就见不到它们了……我总是抱着这样的心情欣赏花朵。

我问过彻子："你哪天要是死了，会不会留恋人世？如果会，那让你留恋的东西是什么呢？"

"哦……"见她沉思了半天，我还以为她会说出什么了不起的事，屏住呼吸等她开口，谁知她竟说："一想到那些活着的人会聚在一起吃好吃的，我就好不甘心啊，气死人了……"

看来我们母女俩真的很像。

养生要诀反而碍事

我喜欢赤脚。在家的时候就算是大冬天，我也光着脚丫。

---

①乔治·桑（1804－1876），法国女作家，代表作有《安蒂亚娜》等。

以前有一位特别漂亮的女演员叫艾娃·加德纳，她演过一部叫《赤足天使》的电影。电影把“赤脚”刻画得非常性感，但我的赤脚当然不能与之相提并论。我在北海道的乡下长大，从小习惯赤脚，脚底牢牢抓着地面的感觉能让我产生安全感。

再说了，人一上年纪，穿鞋反而会让脚的感觉变迟钝，造成危险的后果。就说前年，我在圣卡洛斯的家里摔下楼梯，整个人跌在地上，住了三个多星期的医院。当时我就穿着室内拖鞋，一反平时的风格。

去了外国，在屋里也得穿鞋，只有上床睡觉的时候才能光脚。这种日子我可受不了。我这样的粗人，一旦过上和身份不相称的优雅生活，就会立刻遭报应。

其实我光脚只是图舒服，不过最近“赤脚保健法”这几个字还挺常见的。说是全身的穴位都集中在脚底，所以做做足底按摩，或是踩踩青竹，能让内脏变得更健康。我哪里知道这些原理，只是因为喜欢才坚持了那么多年，没想到跟保健方法不谋而合。

女性的骨骼问题现在受到了很大的关注，但我的骨头好像很强健。这也是歪打正着吧。因为以前吃了很多鱼骨头和鱼皮之类，在骨头里存储了许多钙质，才有了现在的好骨头。至少我觉得是这么回事。

抚养孩子的那几年，我们家的餐桌预算总是紧张兮兮的，没法给自己留一条完整的鱼，所以我当年吃的都是孩子们剩下的鱼皮和骨头。

多买一些，也不是买不起，但我宁可把这些钱省下来买点花和花种，这样反而开心。大家看到花也会高兴地说一句："好漂亮呀！"

没想到抠门的习惯竟带来了健康，这可都是孩子们的功劳。我一直很感谢他们，感激之情溢于言表。

人一天需要摄入多少胡萝卜素，所以必须吃多少胡萝卜……我最讨厌这种像履行义务一样的事情了，根本受不了。

缺少蔬菜，身体就会自然而然地产生"想吃蔬菜"的念头。煮点茄子、南瓜之类的吃一顿就满足了。

腰腿疼了，我也不去看医生，都是自己贴点膏药解决问题。明明是医生的女儿，却成了天下第一讨厌医生的人。彻子老说我是"野蛮人"，可我没打算改，下次看医生的时候，大概就是我要归天的时候了。

彻子跟我正好相反。她特别谨慎，只要十根手指里有一个指头尖发麻，她就会立刻冲到医院去。

而我呢？就算十根手指全麻了，大概也不会去看病。抹点芦荟，擦点土豆泥什么的，自己治治就行。

我连治感冒的法子都是自成一派。喝点蛋酒啦，往热柠檬水里加点糖，喝完躺在床上睡觉啦。瞧这态度，难怪会被说成野蛮人。

彻子可会唠叨了。“老人家感冒可不是小问题，觉得身体不舒服了，就应该马上去医院。”

我嘴上说着“好好好”，却屡教不改。

一直以来，我没做过体检，也没做过癌症筛查。我为什么如此不爱看医生呢？因为我特别讨厌被人命令，受人强迫。

要是去住院，就等于把整个人交给了医院。一会儿让你吃药，一会儿又要量体温，一天到晚被人指手画脚。要我受这种罪，我宁可不治了。

说到底，这还是说明我太固执了，一直按自己的步调生活。

但即便是不情愿，我这辈子还是住了两次医院。

第一次是四十多岁的时候，因为胆囊炎住了一个多月。肚子早就开始疼了，但我一直忍着、扛着，最后实在扛不住了，才在胆囊差点破裂的时候被抬进了医院。

第二次是十二年前查出了肠息肉，就做了手术。

当时我便血很厉害，却没把这件事放在心上。毕竟我常年便秘，经常吃泻药，我以为便血大概是吃药吃出来的。

去家附近的诊所给孩子他爸拿药的时候，我随口说道：“最近老拉血便。”医生一听就说：“不得了，你得赶紧去医院看看。”被人家这么一说，我才不情愿地去检查，结果查出了息肉，捡回一条小命。

我就是这种人。让我平时多加小心，发现毛病就抢先处理，那也太难了。

至于我的身体现在是什么状态，便秘依然很严重，也不知道是因为长过息肉，还是年纪大了。搞不清楚原因也无所谓。

我都八十一岁了，长息肉也没什么好稀奇的。光是想象一下做各种检查、吃各种药的模样，我都难受得要命。没必要勉强自己把所有事都想明白，还是留点模棱两可的空间吧。

要是便秘特别难受，自然要另当别论，可我和便秘已经是老交情了，就跟知根知底的老朋友一样。牢骚总归是有的，但也没有烦心到让大家为我担忧的地步。

所以我平时真的什么都不讲究。对我来说，没有所谓的“养生要诀”反而活得更自在。

要是真讲究起那种东西来，这也不能干，那也不能做，反而会产生压力，影响身体状态。关键在于心态，心理健康才更重要。

演讲的时候，我经常这么跟大家说：“常有人说，‘我妈妈和姐姐都是得癌症去世的，所以我特别担心自己也得癌症。’

可我觉得这种心态是不对的。应该这么想——妈妈和姐姐都在天上保护着我，所以我绝不会得癌症。你得认定自己不会得癌症才行……”

听到这儿，大家都会笑，可我觉得就是这个道理。决心是可以击退病魔的。

哪怕未来的某一天，病魔真的找上门来，那就等得了病再说嘛。还没得病就担心也不像一回事啊。有时间担惊受怕，还不如把注意力转移到更开心、更美好的事情上。

最重要的“三种神器”

我一直觉得，上了年纪才更应该多出门。

整天闷在家里也没什么事情可做。要是你平时和家人住在一起，那就会跟他们产生隔阂，一开口就是牢骚和怨言，想些莫名其妙的事情，保不准会越想越郁闷。

别看我这副样子，在家的时候我也不过是侍弄花草，把玩旧货，收拾收拾东西。当然，妆也是不化的。

这样的日子连着过两三天，你就会觉得自己被社会淘汰了，特别可怜，整个人一下子老上好几岁。久而久之，还要犯老糊涂。这可怪不了别人，是你把自己逼到这个份上的。大家不觉得这么生活很没意思吗？

没人邀约，自己也要主动出门。只要身子还动得了，我就会坚持下去。旅行也是出门的一种形式。只要多出门，就会有意料之外的邂逅，也会碰上很多好事情。

日本有“福气从天降”“天上掉馅饼”的说法。实话告诉大家吧，我不喜欢这些话。“什么也不做眼巴巴地等着”不是我这种脾气的人能干出来的事，而且我总觉得，世上哪有那么好的事啊。睡美人还能等到白马王子，打瞌睡的老太婆才不会有人理呢。

活到现在，我深深觉得人生就是一场接一场的邂逅。邂逅的对象不一定是人，可以是书，可以是花或其他植物，也可以是音乐、绘画、电影……人生中遇上的所有东西都是邂逅。

为了有更多美好的邂逅，也得多出门才行。

要是不出去见人，就不会好好化妆，也懒得戴假牙，一副老太婆的样子。可是一旦出了门，就算只是去一趟家附近的超市，情况也完全不一样。

为了把自己收拾得体面一点，见到谁都不至于丢人，人会采取积极的行动，演技也是这么产生的。

帽子、眼镜和假牙是我的“三种神器”。有了它们，出门的时候就不会显得特别苍老。

上了年纪，身体的各个部位当然不如年轻时那么利索，这不是什么难为情的事，只是需要想办法做些弥补。不修边幅，让别人看着不舒服，那才叫失礼。

我当年要管四个孩子，而且要照顾比孩子还费事的丈夫，按时刷牙是不可能的，牙齿一出问题就去看医生也是奢望。这不，还没到七十岁，我就满口假牙了。

假牙这个东西，只要做好清洁工作，其实比真牙还干净一点。只是稍不留神就会忘记戴，真让人头疼。

话说有一次在纽约，我明知道当天要先做一场小规模演讲，再参加餐会，却把下半截假牙忘在了借宿的朋友家。

五分多钟的演讲还能勉强对付过去，谁知晚餐偏偏上了厚厚的牛排。可我没戴下面的假牙，没法咬。只能闭着嘴先“嚼”一会儿，再把肉整块吞下去。结果肉卡在了嗓子眼，吓得我心里“咯噔”一下。

我翻着白眼，装作什么事都没发生的样子，好容易才把肉咽下去。“好险啊……”每次想起这件事，我都直冒冷汗。

因为这种事丢掉性命的人还少吗？再说了，要是真被噎住，还不得把大家都吓死？

当时我就在心里立了规矩：忘带钱包没问题，忘戴假牙可不行。一旦发现自己忘戴了，那就只能吃软的东西。

去儿子家、女儿家、表亲家小住，把假牙落下忘了带回来也是常有的事，所以我会多做几副备用。可是假牙的尺寸是四五年一变，一下子做太多也浪费。这一点着实让人头疼。

帮我做假牙的医生也是在机缘巧合下认识的。洛杉矶的熊本医生做的假牙戴着最舒服，离开他简直活不下去。

我很喜欢帽子。有帽檐的，没帽檐的，带面纱的……各种各样的都收集了一些，但家里数量最多的，还是最爱的绿色贝雷帽。轻轻地扣在头上，配上裤子和靴子，乔治·桑的味道就出来了，这也是我现在特别中意的风格。打扮成这样去演讲的次数应该最多。

对我这样的懒人来说，帽子是一种特别方便的工具，因为戴上帽子就不用整理发型了。就算头发随便扎了一下，只要把帽子一戴，就有模有样了，还有比它更好用的东西吗?

但我的本性还是太贪婪了，最近老想着："能不能找到一款只要戴上去，整张脸都会变美的魔法帽呢？"路过帽子店，总要进去瞧上一瞧，虽然世上不可能有那样的东西。

前些天，我要参加一个晚上的活动。戴帽子出席好像太夸张了，于是找了些软软的、戴着睡觉也不疼的卷发器，缠在头上睡了。结果睡到半夜，还是被疼醒了，只能把特别疼的两三处拆了接着睡。打扮自己果然是一件吃力的事。

第二天晚上来到会场，一位好朋友凑到我耳边说：

“难得见你把头发露出来。”

我回答：“是吗？毕竟是晚上，戴帽子太拘谨了。”

但我瞧出来了。她怀疑我戴了假发，正在用眼神试探我。

“你平时不是都戴帽子嘛，我还以为你头上是不是秃了一大块呢……”最后，她终于老实交代了。

我在心里偷偷吐舌头：“不好意思呀，让你失望了。”

说起眼镜，我喜欢那种有点像墨镜的款式，镜框有颜色，显得有情趣，也更有活力。年纪大了，眼睛周围的皮肤就会发黑暗沉，整个人显得老气横秋，但墨镜能恰到好处地掩盖这个瑕疵。我有好几副墨镜，方便根据心情和服装搭配。镜片颜色也是有深有浅，戴哪种全看心情。

为了在买眼镜的时候静下心来仔细挑选，我会请知心朋友陪着一起去。

因为我要是一个人进眼镜店，被店员们团团围住，就会在不知不觉中妥协，把本来不想买的东西买回去。请朋友帮忙挡一挡，才能尽兴地挑。这大概就是我的购物诀窍。

阿朝的生活指南

我的穿衣打扮

我可以痛痛快快地告诉大家，我很喜欢打扮自己，在这方面也费了一番心思。

如果第二天要出门，前一天就开始准备。要打扮成什么样子呢……我会把各种衣服拿出来，对着镜子比画，既当造型师，又当模特，忙得不可开交。好嘞，就穿这件！决定好了，我就心满意足了，只盼着明天快点来，期待得不得了。

我甚至觉得，出门的乐趣有一大半来源于这种“时装表演”。

就算不出门，我一天也要换好几次衣服。因为一换衣服，心情也会跟着改变，充满了乐趣。

所以，我从来没有为防虫晾过衣服。手头的衣服都有机会露脸，一会儿穿这个，一会儿穿那个，总有机会出来透气。

我一贯认为，亮粉色、橙色这种颜色鲜艳的衣服，就是为我们这个年纪的人存在的。世上没有穿不了的衣服，只是有不同的穿法罢了。

倒不是让大家都去标新立异，穿得奇奇怪怪。只要选择那些能把现在的自己衬托得最美、最有活力的衣服就行了，不要太在意年龄、立场之类的条条框框。

下身穿有弹性的裤子，夏天配T恤衫，冬天就配俄式衬衫[①]，再搭配一双靴子。这是我很喜欢的穿法。

再往头上点缀一顶贝雷帽，就很有世纪末的达达主义诗人，或是肖邦的恋人乔治·桑的感觉了，可惜好像很少有人能看懂这个风格。

这么一打扮，连心态好像都变年轻了，只觉得自己自由自在，真是不可思议。

我穿衣服不讲究牌子，唯独米索尼例外。在日本还没有这个牌子卖的时候，我就认定它是为我存在的，成了忠实顾客。这个品牌千好万好，就是价钱贵了点。

米索尼在日本还没那么出名的时候，我好不容易买了一条这个品牌的裤子，得意扬扬地穿着到处跑。没想到有人说了这么一句话："彻子女士很会打扮，也有很多衣服，可她的妈妈不太讲究形象，到现在还穿着农村劳动裤呢。"我目瞪口呆，都不知道该说什么。

米索尼的确出过一些和日本的碎白点花纹一模一样的印花衣服。我之所以迷上它，说不定也是潜意识里的乡愁作祟。日本和意大利相隔那么远，却孕育出了相似的创意，真是非常神奇。

不过在"不花钱的条件下享受穿衣打扮"这件事上，我还

①俄罗斯男性的民族服装，有极具特色的立领。

是很有自信的。要是一个人很富有，又舍得花钱，那打扮自己就没什么难度了。可这样少了诸多乐趣，根本没有一展身手的空间。

为了搭配更好看的造型，我经常去旧衣店淘宝。

在日本说起“旧衣店”，大家都会觉得那是赶时髦、玩乐队的年轻人去的地方，跟大人没什么关系。可纽约的旧衣店就不一样了，顾客的年龄层要广得多，商品的种类也丰富多彩。

我常去的那家店位于第五大道某栋楼的二层。我私底下给它取了个名字，叫“上流社会”。店主是一位黑人阿姨，二十张榻榻米那么大的屋子里，摆着堆成小山的二手衣服。只要眼光够好，多少宝贝都能从里头挖出来。

只要有十几个老顾客进店，店主就会把外面的卷帘门拉下来，让大家慢慢挑，十分贴心。

有西部开拓时代的泼辣女人穿的裙子，也有适合参加聚会和舞会的正统礼服。价格再贵，也终究是二手衣服，不至于买不起。每次去逛，我都要买上五六套。

有些衣服自己大概是不会穿的，但看着很适合身边的朋友，我会先买下，再一块儿寄回日本。

等行李寄到了，我会叫几个好朋友到家里来开时装秀。

“有没有能穿着这个去的聚会呀？”

“管他呢，咱们干脆自己办个聚会好了！”

叽叽喳喳，你一句我一句。这样的瞬间让我觉得“当女人真合算”。

而且旧衣服还能让人产生无限的遐想。它原来的主人是什么样的人？有多少爱情和眼泪隐藏在这件衣服里？……这也是穿旧衣服的一大乐趣。

不过话说回来，那位黑人阿姨要是知道自己的店成了别人口中的“上流社会”，一定很开心。

当然，下次去纽约的时候，我也一定会去“上流社会”逛一逛。

及时减压的方法

从来没有什么事让我觉得辛苦。面对的事情越是辛苦，我就越会给自己加油鼓劲：“这点事是小菜一碟，早饭前就干完了。”

要是有人让我在一百本书上签名，我也不会拖着，一定在吃早饭前解决掉。

可能是因为人老了就不用睡太多的缘故，即便前一天晚上睡得迟，第二天也会早早醒来。

但是我特别受不了每天早上必须慢跑或散步几十分钟，或是做广播体操这种例行公事般的规律生活。所以，吃早饭前要是有点事做，我反而很开心。

而且，要是别人请你做事的时候，你的反应是“哇，天哪”或者“我行不行啊……”，对方会觉得：“我是不是强人所难，太不好意思了。”这就给人造成了心理负担。再说，我这人特别不服输，打死也不会举白旗投降。我偏要说：“好说，小事一桩。”

答应下来之后，就得信守承诺。其实答应了人家，却拖拖拉拉不做，反而会给自己带来压力。尽早解决对身体更好。

千万别轻易放弃，认定自己干不了这差事。觉得有困难，就换个角度试试看，或是转个身，换个方向，方法还是有很多的。

我一直觉得只要人还活着，就没有办不成的事。等要死的时候再绝望就是了。

一时半刻不行，也能等时间帮你解决问题。不要急着当场下结论，把一切都交给时间，也是我多次探索得到的法子。俗话不是说天无绝人之路嘛。

别记账了

我从来没有记过账。

大概有人会说：“亏你当了五十五年的主妇！”可是把购物小票带回家，一张一张对账，怎么算都差了十块钱，只能一遍遍重新算……光是想象这个过程，我都觉得麻烦至极。我这种脾气可胜任不了这样的差事。

演讲的时候，我也经常怂恿台下的太太们："大家平时记账吗？如果记，那就从今天起丢掉这个荒唐的习惯吧。"

有记账的闲工夫，还不如看看有意思的书。认真记账，钱就会多出来吗？要是真有这么神奇的账簿，我也愿意记。

对大多数人来说，情况应该正好相反吧？明明没买什么东西，为什么会花出去那么多钱……越看账簿，心情就越糟糕。这样的账簿简直是压力的源头。

看多了，你还会反过来埋怨老公赚得不够多，所以它只有坏处没有好处。

在我们家，要是我对孩子他爸说"家里没钱了"，他只会回我一句："没有就不吃呗。你是想让我挨家挨户去问贵府需不需要拉小提琴的吗？"他就是这种不讲道理的人，所以我压根儿也没体验过"买账簿回家做计划"的生活。

如果先生是工薪族，就更没必要记账了，不是吗？因为每个月进来的数目是固定的，不会多也不会少，又何必把"买了一块豆腐"这种事记录下来呢？

"要是老公突然让我拿账簿给他看，可怎么办啊？"真有男人爱看这种东西吗？不过有一句话是千万不能说的，那就是：

“你一个月就挣那么点钱，我还记什么账。”

遇到这种情况要开动脑筋，机灵一点，装模作样写一两天的记录给他看，让他觉得“我老婆在认真持家”就行了。

与其记账，还不如把平时不太常见的稀罕事记下来，事后回过头来看看，反而会有收获。

我是过了七十岁才开始写书的，但原来就喜欢利用做家务和带孩子的间隙，把自己想到的东西一点点记下来。

被孩子他爸惹恼的时候，我也会写写他的坏话，可要是写得太直白，万一被他看见就麻烦了。所以我会用一些只有自己看得懂的比喻和暗号来写。

夫妻吵架会被我写成“昨天大火灾，今天小火苗”之类，这样的比喻很有意思。有时候写着写着，甚至会忘记自己还在生气。

再比如在孩子挨了批评，哭着入睡以后，大人静下心来回忆一下，就会意识到孩子的主张也有几分道理，产生自我反省的念头。“我是不是说得太狠了，对不起……”只要写下这样几句话，就不至于沉浸在内疚中无法自拔。

比起用一排排枯燥乏味的数字组成的账簿，这样的小笔记明显好上一百倍，不是吗？我要向大家强烈推荐这个法子。

当然，我现在还保留着在身边放纸笔的习惯，想到什么就写下来。虽然孩子他爸已经不在了，被谁看到都没关系，但是用暗号似的语句做记录的习惯还没改掉。我总是一边写一边咯咯笑，特别享受。

难眠之夜最“划算”

我也会去外国走走看看。

常有人问我：出国有时差，您就不觉得难受吗？可我从没有“倒”过时差。无论去哪里，都能立刻适应当地的时间。

既然这边是早上，我就告诉自己“现在是早上”。只要这样调整一下心态就可以了。

在东京的时候也是一样的。“现在是晚上，不睡不行。”如果满脑子都充斥着这种念头，就会为了睡不着而头疼，甚至发展到需要吃安眠药的地步。

越是勉强自己睡觉，脑子就越清醒。每次听到有人抱怨“数羊数到三千多只还是没睡着”，我都只能说，真是苦了您了，真可怜。跟自己做这种无聊的斗争又有什么用呢？

我要是睡不着，就会觉得自己占了大便宜。因为这样就有时间把买回家还没来得及看的书看完，也可以写写稿子。不时来一口爱吃的水果、零食之类的，躺在床上看书，看到困意袭来为止——多么美好的时光。

或者选一本晦涩难懂的书，看着看着还真的会犯困，那不是求之不得的结果嘛。

我还闹过这么一个笑话：一天半夜，我突然醒了。当时心想，可能趴着睡会好一点吧。调整睡姿后，果然睡得很香。

睡得香当然是好事，问题是那枕套上貌似有条折痕。早上起床一看，脸颊上竟然多了一条特别明显的印子，像刀伤似的。到了该见人的时候，印子也完全没有要消失的迹象，可把我愁坏了。我把这件事告诉一位朋友。她说：

“可不是嘛。年轻的时候，无论是这种‘刀伤’还是榻榻米的压痕，都会很快消掉，但上了年纪就怎么都褪不了。”

瞧这有感而发的口气，她大概也是过来人。下次我要找机会问问这位前辈有没有能让印子快速消失的诀窍。

随着年龄的增长，皮肤会慢慢失去弹性，复原力也是一天不如一天。话虽如此，我们也不能用熨斗把脸皮烫平。

话说，那道印子在我脸上停留了小半天呢。

有时候也需要发挥演技

想当年还住在镰仓的时候，有一天我正在家附近的公交站等车。这时，排在我后面的一位气质高雅的中年妇人开口问道：“您在这边住了很久吗？”

她的语速特别慢，我都能感到她在担心对方能不能听懂日语。

“嗯，住了三年。”

我这人就爱瞎起劲儿。见人家误会我是外国人，立刻将计就计，演起了外国人，整个人都兴奋起来了。如果对方问我是从哪里来的，我要装成哪国人呢？要不还是说意大利人吧。

我经常被误认成其他国家的人。

去美国的时候，总有司机问我是不是从欧洲来的游客。这也许是因为我的英语太差，可有时候我还没张口，对方就认定我是外国来的。为什么我无论走到哪里，看上去都不像当地人呢？

也许是因为我不能在任何一个地方踏踏实实扎下根来。与其说“不能扎根”，不如说我是“不喜欢扎根”。我受不了拘束和不自由的感觉，只想做一颗轻轻的花籽，风吹到哪里就飘到哪里。是不是因为我的名字叫“朝”啊？[①]真要命。

我到了一处，很喜欢跟那些不知道我姓甚名谁、从哪里来的出租车司机聊天。

要是司机问：“你是从欧洲哪个地方来的？”我有时会回答：“意大利。”

---

①在日语中，作者的名字“朝”与蝴蝶同音。

人家问起："是不是头一次来？"如果我说是，对方一般都会接着问："你觉得我们国家怎么样？"看来大家都很好奇外国人怎么看待自己的国家。

我都会回答："当然棒极了。"要是再补充一句："绿化好，人很和善，花也漂亮，尤其是现在这个季节，再也没有比这更棒的了。"司机就会心满意足。

要是话题再复杂一点，我的英语水平就不够用了，所以聊这些刚刚好。

当然，我有时也会老老实实地回答："我是日本人。"怎么说全凭心情。可司机反而会怀疑我："真的假的？你看着不像日本人啊。"

我在别人眼里怎么就成了"无国籍"的人呢？想来想去，可能是因为我在穿衣打扮方面不受国籍和年龄的束缚，坚持走自己的路线。但这样穿还是很方便的，我也挺喜欢这种风格。

要是一个人的着装或态度把自己的工作和私生活全透露出来，那岂不是一点神秘感都没有了，多没意思呀。机会难得，稍微演演戏，引得别人生出不着边际的想象，享受一时的乐趣，不是很好嘛。

话说回来，我这个人很喜欢与人打交道，但也有合不来、不投缘的人。我对他们采取的策略是尽可能少接触。本来就没几年日子了，何必勉强自己和不喜欢的人打交道呢？这样对身体也不好。

当我接到合不来的人打来的电话，猜到对方是想约我出去时，我甚至会模仿别人说话，装出自己不在家的样子。

战争期间，我们为了躲避空袭在东北地区住过一段时间，所以模仿东北腔成了我的拿手好戏。

“夫人不在家，俺啥也不晓得。”

这么一装，对方就上当了。

“哎哟，这样啊……那她什么时候回来？”

“不晓得。夫人啥也没跟俺讲……”

听到这儿，大多数人都会失去耐心，把电话挂掉。这么一来就皆大欢喜。

他们大概是被吓到了，心想：“阿朝也真够厉害的，那样的阿姨她都受得了……要是下次又是这个人接电话，真是麻烦死了。”这么一想，他们就懒得再给我打电话了。

话是这么说，但想完全不跟合不来的人打交道，也是不可能的。非见不可的时候，我就会照某本书上教的法子做，告诉自己：“这也是一种修行。”

和喜欢的人在一起，会像过节一样开心。要是每天都能有节日过，那当然再幸福不过，可人生哪能天天过节呢？

阿朝式“幸福论”

不要眼红别人，慢慢适应自己当下所处的环境就好——这是我的幸福论。每个人的出身和条件都不一样，羡慕别人也没有用。

我有位朋友的儿子年纪轻轻却得了癌症，住进了医院。医生说他只剩几个月的性命了。

他隐约察觉到了自己的病情，却依然保持着开朗乐观的心态。听说去探病的人反而会被他这个病人安慰一通。要是病人总是怨天尤人，只知道发泄心中的焦虑，恐怕也没有人愿意去探望了。可朋友家儿子的病房里总是很热闹，客人络绎不绝。

他身患重病，却不忌妒健康人，反而用自己的言行举止给周围的人送去幸福快乐，真是了不起。

我好像也有点类似的特质。住院的时候，总有医生和其他病房的患者来我这儿做客。可能是因为我老是说傻话，跟我待在一起很开心吧。有一次熄灯时间都过了，大伙儿还聊得热火朝天，结果挨了护士的批评。

有时候，连医生都会在九点多穿着西装到我这儿来，说：“一想到那些救不回来的患者，喝什么酒都没味儿……”

我不由得感慨："天哪，医生好可怜，医生最可怜了。您千万不要这么折磨自己。"

到头来，关键还是看心态够不够从容，心怀够不够宽大。

人真的很不可思议。没钱的时候，要是某个有钱人请你吃饭，你就会觉得自己特别穷酸凄惨。但你自己有钱的时候，要是有人请吃饭，你就会兴高采烈地接受对方的好意。

碰巧没带伞，天却下雨了，淋了一身，你说不定还有心情哼上一首《雨中曲》。可你要是穷得买不起伞，穿着湿衣服在雨里走，自然会觉得自己太悲惨，雨水也冰凉刺骨。道理是一样的。

幸福说的就是心里有"钱"、心里有"伞"的状态吧。又或许是既没有钱也没有伞，但不觉得自己悲惨的好心态。

只要有宽大的心怀，你就会这么想：虽然我现在没钱，但等我哪天有钱了，再回请他吧。要是活着的时候还不上，就在天堂还。最近我都像这样"破罐子破摔"，无论碰到什么事都不会闷闷不乐。

钱这个东西吧，永远是你觉得多就多，你嫌少就少。不过我这人一直没有什么特别想要的东西，只要有足够的钱应付当下的生活就行了。

在路上偶遇朋友时，能开口跟人家说："一起去喝个茶吧。"

有这点闲钱，我就心满意足了。

我的心怀没那么宽大，一想到自己连茶水钱都付不起，哪里还有脸约人家。就算人家主动约我，我也不好意思去。真到了那个地步，我大概也会觉得自己很悲惨。

一等品就该这么找

我特别爱惜花。无论搬到哪里，都会在一季以内在院子里种满花儿。不是买种子回来种，就是直接扦插。只要看到人家院子里种着稀罕的花，就算对方是陌生人，我也会按门铃要种子。等花苗渐渐多起来，就在家里备一些塑料小盆。有人想要，便能立刻装进盆里分给人家……当绿拇指[①]的日子过得匆匆忙忙。但是为了花儿忙里忙外，一点也不觉得辛苦。

我爱花，也爱开花后结出的累累硕果。

男人会为了一口精心酿造的酒或陈年葡萄酒向酒神巴克斯大唱赞歌。而我对水果的感激之情也不亚于他们对酒神的赞颂。

要我说，在人世间的所有事物里，水果绝对是最棒的。

先尽情赏花，再品尝果实。花朵的颜色、形状各不相同，果实的味道也没有完全一样的。这让我感受到造物主的神奇和艺术气息，太美妙了。

---

① Green thump，意为擅长养花种草的人。

我总觉得水果散发着女人味和母性。女人既有甜美丰盈的，也有隐含酸楚的，甚至还有苦涩的。水果也一样，有各种各样的形态和风味。

每年都会在我家院子里盛开的“天使的号角”，是我的最爱之一。不过话说回来，我可能是发掘美味水果的天才。

李子界的女王“月光”是我最爱吃的水果之一。我居然是在青山的超市“K”的果蔬货架上发现它的。

它的皮就跟桃皮绒一样，颜色是带点红，带点橙，又带点黄，身上还挂着仿佛月下白霜的水珠。我似乎听见了它的呼唤：“快来吃我呀。”

从那天起，我就成了李子女王的奴仆。

光把它放进冰箱还不够味，得用装满碎冰块的盒子冰镇才行。咬上一口，就会不由得感叹“活着真好”。

为什么要给它起“月光”这个名字呢？它是不是和贝多芬的《月光曲》有什么相通的地方？

而且李子只有盛夏才有，这一点也很好。这年头很多水果已经没有应季反季之分了，比如苹果就是一年到头在出售。但我更喜欢那些只在有限的时间里竭尽全力为人送去芳醇香气和味道的水果。我把“月光”推荐给了许多朋友。

我还在那个卖“月光”的超市找到过其他好吃的。除了水果，我对自己的直觉没什么信心，但可以介绍一个找到好东西的诀窍给大家：找一个厨师模样的人跟着，他买什么你就跟着买什么。

高汤精也好，咸鱼也好，我都是用这个法子找到了一等品。我可真够精明的呀。

心理健康比身体健康更重要

我不光到处旅行，还尽量不让自己待着不动。

当然，这不单单是为了保持身体健康，更为了让心灵充满活力。有没有什么有趣的事情呢？路边有没有漂亮的小花呀？走在路上，看到别人家院子里长着从未见过的花，还结了种子，我就会上门去讨。不然就先跟人家排个队，说等花结籽了我再来。如果是看起来可以扦插的树，我还会要两三根小枝条回去。

旅行就意味着离开温馨的小家，难免会觉得寂寞害怕。所以与在家的时候相比，出远门得更积极主动地找有意思的事情做才行。

我出远门一般都是为了演讲，而不是游山玩水，可光演讲也很无聊。所以我总是眼观六路耳听八方，开动脑筋去找乐趣。

而且幸福只会降临在做好心理准备的人头上，我当然要随时准备着。

维持身体健康的方法有很多，但心理健康只能靠自己。要拼命吸收那些能为心灵提供养分的东西，把心养得丰沛充实。

最关键的是，要有一颗善于感受的心。好容易邂逅了美好的东西，却没有觉得它美好的感悟力，就会在不知不觉中错过许多风景。

为了感悟这件事，我们的脑袋在拼命运转。

用眼睛看，用耳朵听，用鼻子分辨各种各样的气味，用嘴巴品尝不同的味道，用手触摸，把没用的东西统统排出去。身体的设计真是精妙。

正因为身体的机制充分发挥了作用，我们每天才不会觉得无聊，出门旅行也能享受到许多乐趣。

为了刺激这颗用于感受的心，我们也应该多多出门，多多旅行。这样才能把真正的好东西一点点装进小小的智慧口袋里攒起来。

为了让我们吸收真正美好的东西，脑袋里的几亿条配线一定会全速运转。

人的脑袋前面有一层脸皮，脸皮上有眼睛、鼻子和嘴巴等形状各异的五官。雕塑家用凿子打造五花八门的作品，上帝也会用他的凿子打造出形形色色的脸庞。只是有些脸弄得特别精致，有些脸就是偷工减料了，全看上帝的心情，还真是有点讽刺。

遗憾的是脖子以上部分没法更换。不过这也许正是人生的有趣之处。如果满大街都是美人，也很无聊吧。

挑选化妆品的时候，我有时会冒出这样的念头：要是有一款神奇的乳霜，只要抹一下，整张脸都会大变样，那该多好啊……不过拿自己和别人比，羡慕别人，都是心理健康的大敌。与其琢磨这些，还不如多关注内在，想办法刺激脑子里的配线。

每天都有新的太阳升起，每天都有新的花儿绽放，只要走出家门，自然能遇见新的人与新的事物。美好的邂逅正在旅途上等待我们。

朝气蓬勃、开开心心地过好每一天，才是我们的本分呀。

后记 想做一个可爱的魔女

八月初，北海道的朋友发来一封快信。我连忙打开信封一看，里头不光有信，还有一张《北海道新闻》的剪报。

文章的标题是“一本难忘的书”，讲的就是我写的书。

十多年前，这本《阿朝来啦》刚上市的时候，作者在旭川市内办了一场签售会，我就去参加了。谁知我到会场的时候，书已经卖完了。就在我垂头丧气的时候，黑柳女士说道：

“这本是我的，要是您不介意的话……”

说着，她就在自己的那本书上签上名，送给了我。她还用特别美的手跟我握手，我至今难以忘怀。

这本书描写了她为养育子女奋斗的日子，以及充满祈祷与幽默的生活。尤其是那句“帮别人做的事要统统忘掉，但别人的滴水之恩也要记在心上”，让我非常感动。

看这本书之前，我经常对孩子们说：“我为你们做了这么多……”但是看完那段文字，我养成了不以恩人自居的习惯，也不说那些让人感恩的话了，这也成了我的信条。

旭川市 佐佐木照子

佐佐木女士不光读了我的书，还说我的书在她养育子女的过程中帮上了忙。我感动极了，这可是作者最爱听的话。世上还有比这更幸福的事吗？

我过了七十岁才第一次动笔写稿。半年后，孩子他爸去世，我也真正开始了独立的生活。

《阿朝来啦》的装帧工作是安野光雅老师负责的。还记得他给我写过一封信，大意是这样的：

你的书是用你自己的话写出来的，语句都很自然，这一点特别好。用你独特的表达方式书写才是最重要的。希望你今后也不要刻意写什么好看的、精美的文章，坚持自己的风格……

我做梦也没想到《阿朝来啦》会有这么多读者。自从它被改编成NHK的晨间剧后，有人找我约稿就不必说了，我还收到了演讲的邀请。

我当了五十五年的“小提琴手的妻子”，埋头养育四个孩子。可是从那一刻起，我的生活发生了翻天覆地的变化。毕竟我根本没有写稿的经验，女儿彻子在家里为杂志社写稿的时候，我也不过是在旁边看着。顶多是动动笔给远在外国的孩子们写信（信倒是真没少写，都数不清写过多少封了），再就是利用夹在报纸里的传单的背面或是其他能写字的纸随便写点东西，既算不上记录，也算不上日记。除此之外，我就没写过文章。

演讲也是如此，我从来没在大庭广众之下发过言。

这样的我竟然在不知不觉中写了九本书，不光在国内演讲，还去美国、加拿大等国家发表言论。上帝构思的“节目单”真是让人猜不透。

孩子他爸去世后，镰仓的家里就剩我一个人了。当时孩子们都让我搬去跟他们一起住。

可我觉得这也许是上帝给的机会。虽然我笨手笨脚的，但难得人家一片好意让我写稿，那我就好好写。演讲之前，我也会先跟对方打好招呼，强调我只会说最粗浅的话。我愿意像这样一个人走走看。

“装模作样摆架子确实不好，但你们先试着给妈妈一点自由行吗？实在撑不下去了，我就老老实实投靠你们……”我是这么跟孩子们说的。

今年是我成为社会人的第十一个年头。而且日文版的新书能第四次请到安野光雅老师进行装帧，也是莫大的幸福。他设计的封面画的是英国的湖区。据说那是彼得兔作者毕翠克丝·波特家附近的风景。

我很喜欢彼得兔的故事，每天晚上都会念给痴迷动物的孙辈们听。站在房子前面的人有点像我。看着就像是我拿着一个红色的古董手提包，在跟宾客打招呼：

“各位嘉宾，今天的菜式有……”

而且，据说那栋门上有塔形装饰的建筑物是法国古镇翁弗勒尔的教堂。

我想成为一个能把一切都变成幸福的魔女，而且是不忘童心的可爱魔女——我怀着这样的念头，和编辑们讨论出了这个书名。[①]

希望这本书能真的变成一本魔法书，被更多的人读到，为大家送去鼓励与幸福。

---

①日文原书书名为“魔女っ子チョッちゃん”（魔女阿朝）。

由衷感谢主妇与生活社的最高顾问远藤左介和第二编辑部的各位为本书的问世付出的心血。

黑柳朝

于北海道泷川市波斯菊节当天

一九九二年八月三十日

图书在版编目（CIP）数据

阿朝在旅途 /（日）黑柳朝著 ；曹逸冰译. -- 海口：
南海出版公司，2019.5
ISBN 978-7-5442-9549-9

Ⅰ. ①阿… Ⅱ. ①黑… ②曹… Ⅲ. ①随笔－作品集
－日本－现代 Ⅳ. ①I313.65

中国版本图书馆CIP数据核字(2019)第043067号

著作权合同登记号 图字：30-2019-008

阿朝在旅途
〔日〕黑柳朝 著
曹逸冰 译

出　　版　南海出版公司　(0898)66568511
　　　　　海口市海秀中路51号星华大厦五楼　　邮编 570206
发　　行　新经典发行有限公司
　　　　　电话(010)68423599　　邮箱 editor@readinglife.com
经　　销　新华书店

责任编辑　翟明明
特邀编辑　贺　静
装帧设计　李照祥
内文制作　田晓波

印　　刷　山东鸿君杰文化发展有限公司
开　　本　850毫米×1168毫米　1/32
印　　张　7
字　　数　121千
版　　次　2019年5月第1版
印　　次　2019年5月第1次印刷
书　　号　ISBN 978-7-5442-9549-9
定　　价　45.00元